訂個嚐愛期限

君靈鈴 著

天空數位圖書出版

序

　　訂個嚐愛期限這本書的女主角裴苡湘的角色設定比較特別一些，從來沒想過談愛的她意外遇上愛，也試著談了戀愛，但卻沒有被愛沖昏頭，她選擇做了自己，也讓她看起來似乎比較自私，畢竟男主角傅靖衍那麼喜歡她，她卻好像沒有給予同等的回應。

　　不過其實「一樣米養百樣人」，什麼樣個性的人都有，就像女主角，她很有自己的想法，也很認真追尋執行自己的人生計劃，只是恰好她的計畫在途中被男主角打亂，但沒關係，因為男主角是註定要跟她走一輩子的人，所以只能說女主角很幸運，她遇上了一個能包容她所有的人，這樣的情況真的很難得，不是嗎？

君靈鈴

目錄

楔　子

完蛋了！

眼見不遠處那位臉上帶著微笑，但眼底卻是一點笑意也沒有的男人，正踏著穩定的步伐緩緩向自己而來，裴苡湘忍不住嚥了口口水。

他竟然找來了！

她完全沒有心理準備，也沒有料到今日會在這個地方見到他，不過不好意思，她目前不能乖乖跟他回去，所以只能使出三十六計中那被廣泛使用的其中一計……

逃！

「湘湘，這麼久沒見怎麼看到我就要逃呢？我還以為我們仍然是男女朋友，我應該沒有誤會什麼吧？」

裴苡湘想逃的念頭早就讓傅靖衍看穿了，所以在她才轉身要逃，他就以飛快的速度攔住她的人，把她非常用力地圈在懷裡，然後用非常甜蜜的語氣在她耳邊呢喃。

「呃……那個……」

整個人完全僵住，裴苡湘支支吾吾根本無法給個說法。

「湘湘，我在想，雖然妳信中沒有提及分手一事，但我該不會已經被妳拋棄了吧？」

傅靖衍的嗓音還是很溫柔，不過身上的氣息就完全不是那回事兒了。

「我……我……」

她完全不知道怎麼回話，因為她該死的理虧，不過她是有理由的，而且在信中她也很誠心地解釋了，但她也知道沒有親口跟他說過，他鐵定是會不開心的，因為她父母跟妹妹就是這樣跟她說的，說他不開心。

而瞧今日他直接找來的行動來看，不開心恐怕不是只有一點點，而是很不開心吶。

所以，她現在要怎麼收拾這個局面啊？

裴苡湘咬著唇思考著，最後在他懷裡身子一轉，勇敢的面對他。

結果她發現，雖然這些日子時常想起他，但見到他真人之後，那股思念竟然比她自己想像的還要濃烈。

但打個商量，就算他找到她了，可不可以不要現在硬把她帶回家？

訂個嚐愛期限

4

一、不想談戀愛

女人不談戀愛就會感覺渾身不對勁，好像少一塊肉似的？

這個論點或許某些人會抱以贊同的意見，不過對於裴苡湘來說，答案絕對是否定的。

並非看不起戀愛中的男女，也不是對情侶有什麼意見，只是專注於吸收各方知識的她，對於戀愛實在毫無興趣，更別提結婚了。

對她來說，五花八門的資訊是她平常生活的調劑，而各方面豐富的書籍是她平時的最大興趣，在她看來，世界如此廣闊，她想做的事很多，也很想到世界各地遊歷，豐富自己的人生，所以談戀愛這件事，不意外被她置放在她人生中最不重要的邊角，半點想觸碰的慾望也沒有，而這樣的她，正好跟她妹妹成為反比。

也因為如此，使得目前正身處自家企業舉辦的春酒宴會的裴苡湘，對於四周不斷注視的驚艷目光以及在她不耐目光下仍勇往直前邀約的男子都煩躁不已。

容貌討喜是上天賜與及父母給予的寶物，但她認為這不代表她有義務需要對某些人的期待做出回應，倘若這些人非要討個什麼的話，她倒是很樂意將這些人介紹給她妹妹認識，反正她妹以談戀愛為人生最大目標，選擇多一點應該是件好事。

當然，前提是人品端正，她身為姊姊總不會眼睜睜看著妹妹誤入歧途。

　　總之，裴苡湘認為自己與戀愛絕緣，所以看了看四周後，她毫不猶豫轉身找個陰暗處躲藏，怎麼也不想再繼續擺出僵住的微笑來應付眼前這個場子。

　　反正她就是不想談戀愛，誰也撼動不了她的決心。

　　所以，別來亂，誰都一樣，感謝合作。

訂個嚐愛期限

二、傳說中那兩位

由遠杭企業舉辦的春酒晚會向來是政商名流必出席的年度重要宴會之一，而身為主人公的裴仲天及妻子自然是必須扮演好主人的角色，所以他們倆來回穿梭在眾賓客之間，深怕怠慢了任何一位貴客。

但他們倆忙歸忙，可沒有忽略自己一對寶貝女兒，因此在環視四周皆不見大女兒身影之後，很自然就叫一向都喜愛待在他們身邊幫忙招呼的小女兒出發找尋她親愛的老姊。

這父母下令，裴苡茵當然不敢不從，二話不說立刻碎步往會場最陰暗處移動，因為她確信自己的姊姊絕對會因為受不了許許多多的邀約而躲在暗處。

「姊，妳又來了！每次都躲在這種地方！」一見到親愛的姊姊身影，裴苡茵人未走到，抱怨的嗓音已傳入對方的耳裡。

這種場合那麼有趣，她真的不明白為何姊姊會那麼討厭這種場合。

「這裡最安全，不用繼續擺出像殭屍的笑臉。」翻著隨身攜帶的書籍，裴苡湘連頭都沒抬。

「姊，妳真的有那麼討厭這種場合喔？」搖了搖頭，裴苡茵有些好笑的走到姊姊身旁的小沙發落坐，想藉以犒賞一下自己整晚奔波的辛勞。

「嗯，很無聊。」裴苡湘毫不猶豫就回答，沒有因為自己是小主人就給這場晚宴面子。

事實上，要不是因為這宴會是她家舉辦的，她根本不可能出現在這種場合，因為她不喜歡這種場合。

其實，嚴格說來她並不是怕吵，像孩子的嬉鬧的聲音又或是人與人之間很自然的互動那種熱鬧她都是喜歡的，但她不喜歡應酬，不喜歡看到很虛假的畫面，對她而言這完全是截然不同的氛圍，而她通常完全不想應付後者。

「姊，難道妳真的想這樣孤僻下去嗎？」裴苡茵一向都認為姊姊的個性很奇怪。

「怎麼不喜歡這種場合就叫孤僻嗎？」裴苡湘語氣輕柔，並沒有責怪妹妹的意思，不過她內心不贊同這個說法倒是真的。

她不是不愛熱鬧，是不喜歡這類型的熱鬧，只可惜她妹妹一直都不懂，老說她孤僻，讓她很無奈。

「姊，不是我要說妳，我們人啊有時候就是得應付某一些場合，而且我覺得談戀愛這件事對女生來說也是很重要的，可是妳卻一直興趣缺缺，我跟妳說，這談戀愛其實……」裴苡茵無論如何也想說服姊姊，可話說到一半卻聽見背後傳來騷動，讓她不由自主轉頭。

「咦？姊，是傅靖衍耶！」

裴苡茵定睛一看，這才發現來者竟是甚少出席這種場合的傅天集團主事者傅靖衍。

「他就是傅靖衍？長的還挺像正常人的。」照妹妹所指的方向瞥了一眼，裴苡湘很快的下了結論並收回目光繼續閱讀。

她是常常聽到父親提起這個名字，不過看到本人還是頭一次，因為聽說他並不是太喜歡這種場合，這一點倒是跟她滿一致的，但她青出於藍，因為她是壓根兒不喜歡，而他在她看來應該只是不太喜歡而已。

「姊，他是女性票選在商界菁英中最想跟他結婚的第一名，妳居然只是說他是個正常人？」裴苡茵大呼不可思議。

「比起其他人，感覺他是正常多了啊，我又沒汙辱他的意思。」裴苡湘一點也不覺得自己說了什麼錯話。

「姊，拜託妳正常一點好不好？妳沒看見所有女人都朝他圍過去了嗎？」彷彿像似替對方抱不平似的，裴苡茵硬是拉著姊姊起身，勾住姊姊手臂往人群聚集的方向走去，好像非要姊姊發現傅靖衍此人有多優秀美好似的。

「茵茵，我沒有興趣。」說什麼也不去，裴苡湘是被強拉著走了一小段路，但很快的就撥開了妹妹的手。

「姊，妳真的是……」裴苡茵對姊姊沒輒，只好放棄。「那我自己去！」

話一說完，裴苡茵隨即快速向前奔去，投入混亂的局面中。

「慢走啊，妹妹。」裴苡湘朝妹妹的背影揮了揮手，接著便想再縮回原處，誰知情況不太順利。

「妳是裴家的大小姐對吧？我有榮幸請妳跳支舞嗎？」某甲在這時擋住她的去路，並做出看起來不太自然、顯然很不熟練還硬要做的紳士舉動。

「大小姐當然是跟我跳，你這矮子閃邊去！」比某甲高上一顆頭的某乙在裴苡湘尚未反應之前，就把身高只到他胸前的某甲給擠到一旁去。

「你們……」裴苡湘想拒絕，但話說到一半，又被人打斷。

「你們兩個真是想太多，大小姐才不會跟你們這種人跳舞，她應該跟我跳！」自以為自己很帥但其實也就那樣可確實比某甲某乙帥一點點的某丙出現，當場讓甲乙兩人縮了一下。

某丙很有把握，因為他的身高介於甲乙兩人之間，想來是最適合裴家大小姐的高度，況且他很有自信憑他經驗還有手段，他相信肯定會讓裴苡湘屈服在他的褲管下，不過，很可惜他得失望了。

「兩位、還有這位拉鍊沒拉的先生，非常不好意思，我並不喜歡跳舞。」雖然周遭有一小群人因騷動而來，顯然是要來看熱鬧的，但裴苡湘不予理會，話一丟，轉身就隱回暗處。

這就是她不喜歡這種場合的原因，因為她總是會這樣回應，這是天性使然，可很多時候不是被當成戲看就是有人覺得她拿翹，但她沒有。

　　她並不是自以為是絕世美女或是想自抬身價，而是她真的很不喜歡這樣的場合，無關其他，可父母總希望她能參與，她也就盡量不忤逆父母的意思，自家舉辦的各式盛宴不缺席，不過要是來自他方的邀約就不一定了。

　　只是，裴苡湘本想著迅速處理，但沒想到她說的話竟讓圍觀的眾人哄堂大笑，也讓甲乙丙瞬間鳥獸散。

　　所以，雖然想將騷動程度降到最低才這麼快速解決，但畢竟騷動已起，自然是稍稍有影響到另一邊也圍成一團的娘子軍。

　　只見娘子軍團們頓時忘記自己正在與身旁之人爭取和傅靖衍談話的機會，全都不約而同往笑聲來源觀看，包括被團團包圍的傅靖衍。

　　他沒有看見她的臉，因為他轉頭觀看的同時她已經轉身了，而勾起他興趣的是，她前往的地方是整個宴會廳最陰暗處，一個旋身就輕巧地落坐在那張雙人沙發上。

　　她看來沒有在意自己引起的騷動，又或者是說她知道引起騷動但藉此想快速平息？

　　傅靖衍不能確定，他目前能確定的就是她坐下之後就拾起應該是她方才正在閱讀的書籍，然後就在喧鬧中繼續閱讀。

　　該說她是當旁若無人嗎？

　　不，他總覺得她只是沉浸在自己的世界中而已，但事實如何還有待商榷，但他好奇了。

可就算好奇，他也沒有往她那方注視太久，腦海中有個聲音很自然冒了出來，讓他瞬間覺得自己如果往她那方看太久，說不准會造成她的困擾。

所以傅靖衍快速收回目光，心中猜著她的身分，誰知道下一秒就聽見……

「真是屢試不爽，所以說幹嘛躲起來……」

一道嘀咕的聲音傳入耳中，讓傅靖衍頭一偏，臉上帶著淡淡的微笑看著那位犯嘀咕的女孩。

「什麼事屢試不爽？」其實他更想問的是，躲起來的那個人是誰，不過他很聰明沒直接問。

「呃……我是在說我姊啦，因為我姊不愛這樣的場合，所以每回都會找陰暗處躲藏，可是幾乎每次都會有小插曲。」回話的人正是裴苡茵，她沒料到自己的嘀咕會被聽見，也沒料到傅靖衍竟會問她這個問題，但沒料到歸沒料到，她反應很快，很迅速就回答了。

「我說，裴家大小姐的個性很『特別』好像不是新聞了吧？」就在傅靖衍將目光放在裴苡茵身上時，其中一名娘子軍不知道是忌妒還是什麼的，反正語調挺尖銳的。

而這樣的語調自然是引起了裴苡茵的不滿，只見她瞬間抿起嘴，礙於場合不能發作，但看得出對於有人這樣說她姊姊感到很不高興。

「原來是裴家大小姐。」嗅到有點火藥味，傅靖衍只是對裴苡茵露出一抹微笑就不再追問。「不好意思，麻煩各位讓我前去與裴董事長打個招呼好嗎？」

平淡的嗓音隱含一絲不容人抗拒的威嚴，也讓眾娘子軍瞬間自動分開，讓他能夠如願以償離開被包圍的中心點。

裴家大小姐「裴苡湘」。

好像是在某一次某一個類似今晚的聚會上吧，因為他也是個不愛這類場合的人，但礙於身分所以比起她，他出席的大小宴會數量跟她相比相信還是多上許多，但如果能選擇，他還是盡量不出席，所以曾經就有人拿他跟她比較偶然被他聽見了。

所以，他曾聽說過她，一個極度低調，只沉溺在自己的小世界，就算是這類場合也不願意嶄露光芒的女子，這方面不該說是跟他類似，因為他很難擁有自己的小世界時光，但她擁有的小世界氛圍，是他喜歡的那種。

也是了，是他向來的敏銳有這麼幾秒的失效，要不然在這裴家的場子，他也該聯想到那位目前仍在看書沒有理會周遭的女子就是裴家大小姐了。

他該去認識她嗎？

主動會不會被討厭？

因為她看起來就像不喜歡入侵她世界的人呢！

三、初次相見

「不介意我坐在妳旁邊吧。」

在與裴仲天寒暄過後，傅靖衍思考了一下，還是巧妙避開人群，刻意繞著宴會廳外圍走，很瀟灑拋下隨他前來的兩個特助來掩人耳目，而他自己則漫步走到引起自己興趣的來源地，並在對方驚訝抬頭尚未應允之前，已經優雅的落坐在她身邊。

當然，騷動早已落幕，這邊現下是撥放廣告的轉台時間，但他沒有鬆懈，雖然她坐在沙發中央處所以他有左右兩邊可以選擇，但他選擇的是沙發上更陰暗的最左邊。

因為他不想引起騷動，他猜她應該不會愛的，很可能就直接在他面前消失，這可不是他要的結果。

「你都坐下了，還需要問我嗎。」既然他的話非問句，裴苡湘的當然也不是。

「妳很討厭這種場合？」傅靖衍從她眼中看出討厭，而且討厭對象好像包括他，他猜很可能是因為他來打擾她，這讓他的興致更加濃厚了。

「你應該也是吧？」裴苡湘專注看著書上的文字，對他的問題倒是沒有拒答，只是反問，因為她聽到的訊息讓她很自然這樣回應。

雖然很唐突，但他身上散發著穩重又溫和的氣息，讓她覺得挺舒服的，所以和他聊上幾句她還可以接受。

「是，不過沒妳那麼厭惡。」沒有否認，他的語氣在告訴她自己比她好上一點，因為他可沒有虧待包圍她的女人，至少他臉上是掛著微笑的。

「我沒辦法像你那樣一直掛著微笑，臉都僵了很難受。」她闔上書本抬頭注視著他那閒適微笑的神情。

因為不喜歡，所以她無法持續。

可能有人會覺得她這樣活得太率性太任性，但是她就是這樣。

「那是因為妳不必與人談生意博交情。」傅靖衍說著自己的難處。

「你的意思是你大多時候的笑容都是假的？」裴苂湘聽出他話中的端倪。

這樣好嗎？

但她老爸是說商海多詭變幻莫測，或許是這樣的做法才能繼續在海裡悠遊？

「妳這句話是在拆我的招牌。」雖然她回話挺犀利的，但他並沒有感覺到不適，反正讓他更想多跟她聊聊。

這女孩反應很快呢！

傅靖衍發現自己開始有點欣賞她。

「我不介意送你一塊微笑王子的匾額當作補償。」就她看來，他的確很像王子，就是那種很多人口中能描述出的王子類型，只不過不是騎白馬，而是開名車的那種。

「王子？妳覺得我像王子？」他不是沒被稱為王子過，只是從她口中說出讓他有點驚訝。

她如此低調卻給了他這麼高調的稱呼，那是不是代表她在一開始就技術性把他拒之千里之外了？傅靖衍心忖。

「你長相帥氣、氣質出眾、身材修長、學歷驚人、家世顯赫、地位超群，這樣的人不是王子是什麼？」她毫不保留用盡各種形容詞稱讚他，並暗自猜想他應該聽得很習慣。

反正這種話他一定常聽，她只是幫他做個總結而已，不用太感激她。

「聽妳這樣誇獎我，我是不是該流兩滴淚感謝妳一下？」他以半開玩笑的語氣回應她的讚美。

不諱言的，他不喜歡聽到她這樣稱讚他，因為這樣讓他覺得跟她之間的距離越發遙遠，所以他不喜歡，真的滿不喜歡的。

但雖不喜歡，一向性情內斂的他並沒有讓情緒表現在臉上，臉上依然掛著微笑。

「這麼容易感動符合你的形象嗎？」他開自己玩笑讓裴苡湘皺了下眉頭。

「是不怎麼符合，但偶爾為之也無妨，但請容我暫離去購買眼藥水來完成這個畫面。」傅靖衍看見她皺眉頭了，但沒有中斷自己的玩笑。

他是在逗她嗎？

算是吧，至少他覺得是，然後……

挺樂在其中的？

是吧，好像是這樣，至於是不是真的是這樣，可能得繼續下去才知道這樂在其中是幾秒還是會持續下去。

「需要會員卡嗎？」裴苡湘一臉認真，看著他依然掛著微笑的臉龐。

這男人好像在逗她？

但態度不輕浮她倒是不討厭，可她必須說這應該是因為他的長相，顏值高的人總是比較吃香，她是沒想到自己會有吃這套的時候，不過今晚她讓她自己意外了。

是挺順眼的，她眼前這個男人，她可以理解剛剛為什麼他會被包圍，他是有那個本錢，這一點無庸置疑。

「如果妳願意提供自然是好。」傅靖衍挑了挑眉。

「當然是沒問題，不過……」裴苡湘眉頭又輕撐了一下。「你賺這麼多錢，買罐眼藥水還拿折扣這樣好嗎？」

忍不住地，她很難得調侃人的，但她調侃他了，而且表情正經八百，然後就見到他楞了一秒，接著就笑開了。

「我猜妳很少這樣開懷的笑。」從他放鬆的眼神中，裴苡湘發現了這個事實。

「是這樣沒錯。」他點頭，並敏銳地注意到，開始有多道目光轉向他們這邊，讓他立刻收起過度外放的情緒。

真遺憾，看來與她的對談時間快要結束了，他心忖，但沒有馬上起身，很明顯還想做最後的掙扎。

「你真利害。」他的收放自如讓裴苡湘有些傻眼，不過漸漸投注而來的目光讓她開始感到不舒服。

「角色所需。」如果身為傅天總裁的他沒有這種功力，那麼要如何應付那一場場詭譎多變的商戰。

「好吧，很高興認識你，不過我要先閃了。」裴苡湘越來越來不自在，於是她在說話的同時，人已經站起來了。

「妳不願意再跟我聊天？」輕拉住她手腕，傅靖衍沒有不悅，只是覺得有點可惜。

他很難得遇到這種能讓他放鬆的人，所以不想這麼快就結束，即便他也猜到她是不會留下的，但他還是拉了她的手腕。

「如果下次不是在這種場合的話，我會再考慮考慮。」盯著他頭髮看了下，裴苡湘發現自己突然很想揉亂他一頭整齊柔順的黑髮。

22

如果在這種場合，王子有一頭亂髮，那應該滿好笑的？

她邊想邊盤算自己是否真的要這麼做，但礙於四周注目禮益發盛大，她的手就遲遲沒有伸出去。

「那麼，我會期待，還有，要弄亂我的頭髮請在無人在旁的時候。」笑著看她，傅靖衍發現了她的意圖。

他可沒有出洋相的打算，當然不會讓她得逞。

「好吧，如果有緣再見，我會這麼做。」雖有點惋惜，但裴苡湘心想還是趕快離開比較妥當。

「會的，我相信我們的緣分不只在今天。」感受到她急於離開，傅靖衍放開了拉住她的手。

他會讓這種緣分持續下去的，前提是如果他有空的話……

不過，為了這種心靈上的放鬆，他很樂意從百忙之中抽出一點空閒。

臉上露出別具深意的神情，傅靖衍盯著她快速消失在人群的方向看了許久，這才起身走至兩位辛苦的特助身邊。

有趣的事結束了，所以他也沒留在此地的必要。

受邀之後露臉了，認識了新朋友，然後就該回家了，不是嗎？

訂個嗜愛期限

24

四、意外相逢

傅靖衍是個滿表裡不一的人，這一點別人可能不甚明白，不過他自己當然很清楚。

外表的優勢加上看來個性溫和無害讓他在商場上幾乎戰無不勝，這原因無他，大多都是因為對方太過輕敵，所以忽略了他斯文外表下的犀利。

他脾氣很好？或許吧。

至少他幾乎從來不發脾氣，但不生氣並不代表他沒個性，因為在他的細胞中，還是潛藏為數不少的獨裁和決斷，而這偶爾會出現在他處理公事上。

概括來說，外表是他的武器，也是他的保護色，沒有人可以窺之一二，只除了那個被他記在腦海中的女孩似乎是這能力的擁有者。

但上回時間太短令人扼腕，如果能再相見，他想這個問題的答案他應當能更確定才是。

「總裁，等一下是先回公司還是先載您回家？」載著甫下飛機的傅靖衍，專心開車的司機恭敬地問道。

「先回公司一趟。」望著窗外，傅靖衍輕聲回應，心中卻在想那一個月前在裴家宴會上碰到的女孩。

原本他是想擠出時間再與她見上一面的，誰知宴會隔天就因為公司有一個企劃案需要他飛往法國處理，導致他的計畫擱置，讓他有些遺憾。

　　經過了一個月，她大概不會記得有那麼一個相遇了吧？

　　心中這樣想著，但傅靖衍發現自己並不希望她忘了他，但太過忙碌的生活讓他錯失了與她再續前緣的機會。

　　都過一個月了，現在再去找她恰當嗎？

　　在她看起來不像很欣賞他的樣子下，傅靖衍頓時有些猶豫，即便他很少猶豫下任何決定，但這件事讓他猶豫了。

　　不知道自己該不該去打擾她應該很平靜的生活，傅靖衍決定暫時擱置一邊，反正就如同她說的，他們有緣就會再見，而他向來不做壞事，老天爺應該不會如此捉弄人才是。

　　淡淡笑了下，傅靖衍望著窗外的目光突然一亮，立刻感覺到他似乎很受上天眷顧，又或者是說他們兩人真的有緣。

　　總之不管，因為他就是看到她出現在他眼前，正抱著書在公園外圍的小餐車前，看來似乎準備購買東西。

　　「在這裡停車。」沒有多加考慮，傅靖衍立刻下達停車指令。

　　他突如其來的命令讓司機愣住，但隨即回神聽從指令辦事，將車子停靠路邊。

　　「總裁？」司機不明白傅靖衍為何要他在公園旁停車。

　　「你直接離開。」沒有多做解釋，當然以他的身分也不需要解釋，傅靖衍以微笑回應之後，下車往佳人方向走去。

　　既然上天給他機會，那他就該把握，可不能讓它白白溜走。

　　見到她就莫名放鬆的神經讓傳靖衍心情很不錯，踩著悠閒的步伐朝她一步步邁進，直至走到她身邊。

　　「給我一杯跟這個小姐一樣的飲料。」無視於她聽完之後疑問轉頭後見到他而展現的驚愕，傳靖衍心情愉悅的看著她。

　　「你為什麼會在這裡？」無法克制的驚訝全寫在臉上，裴苡湘開始懷疑自己看到鬼。

　　她見鬼了對吧？

　　否則大忙人的他怎麼會出現在她身邊說要跟她喝一樣的飲料？

　　不敢相信的情緒讓她不由自主伸出手指戳了戳他手臂，然後在她發現此舉不能證實之後，她轉而墊腳快速戳了下他的臉，讓他不禁失笑。

　　「這是性騷擾，這位小姐。」掏出皮夾付了兩份飲料的錢之後，他才轉頭對她的舉動發表意見。

　　她一見面就對他動手動腳，這是否可以解釋成她並沒有忘了他，或是她對他其實有點興趣的？

　　他不知道，不過兩個想法都讓他挺開心的。

　　「不好意思，我只是想證實我看到的是人類。」應了話，收回戳他的手，接過他遞來的飲料，裴苡湘在道謝之後，才解釋自己此舉的用意。

「我想，大白天應該不會見鬼才是。」考慮到她手上都是東西，傅靖衍放棄牽她小手的念頭，改而輕摟住她肩膀就走。

「我想也是，因為鬼不會有這種舉動。」雖有些不自在，但裴苡湘沒有拒絕他有些親密的舉動，只是出言調侃。

「妳不喜歡人家摟妳肩膀？」他問，但沒放開手。

「我不習慣男人摟我肩膀，除了我爸。」她回答，正計畫著怎麼逃開他的摟肩。

「那我很榮幸。」不可否認有一絲喜悅，也沒打算給她逃開的時間，原本想漫步行進的他轉而帶著她快速走到公園裡的雙人長椅上坐下，並擅自接過她手上的書拿到身邊擺放。

裴苡湘注視著傅靖衍的一舉一動，不得不承認眼前這個男人很敏銳，看穿她欲逃的意圖後馬上就改變方式，而且態度不急不徐，維持一貫的優雅閒適。

「你還沒告訴我，你為什麼出現在這裡？」逃走失敗，她轉而吸了一口飲料，然後才出聲問他。

「看到妳在路邊，所以我就下車了。」學她吸了口飲品，那過於甜膩的口感讓他皺起眉頭。「這是什麼？」他問著喝得不亦樂乎的她。

「香蕉巧克力牛奶。」見他不喜歡，裴苡湘起了調皮之心，在他面前吸了一大口，接著一臉滿足的吞下。

　　原來他不愛吃甜呀，她說意外但倒也沒有非常意外，因為世界上大略就是可以分成不愛吃甜跟愛吃甜兩種人，也算正常。

　　然而，雖然知道她是故意而為，不過傅靖衍倒是沒多大反應，只是將手中飲料放下。

　　「為什麼來這裡？」他想知道一個豪門千金打扮如此樸素出現在公園是為何。

　　雖然，其實以他對她算是比淺薄再多一點點的認知中他該知道，這其實應該算正常才是，但他還是問了。

　　「來看書，順便散散步。」指著他身邊的書籍，裴苡湘說道。

　　跟她妹妹不同，她喜歡獨自一人做許多事，例如：看書、散步、逛書店、吃甜品等等，族繁不及備載，不像裴苡茵老是往名牌服飾店報到。

　　「妳的興趣很樸實。」他輕聲說著，語氣中沒有鄙視的意思。

　　他算是知道她是挺與眾不同的，至少在他的世界，她有她的特別，否則又怎麼會引起他的興趣呢？

　　「樸實很好，我不喜歡受矚目。」她輕鬆兩句話道出自己甘於平淡的個性。

　　受人注目會讓她身體發癢，所以她討厭，不過……

　　他或許是個例外？

但她並沒有很開心與他再次相遇，因為她有股預感，總覺得自己好像可能或許應該……

會失去自主權？

但她不喜歡這樣。

「妳這樣會讓人更想了解妳。」沒有多加修飾，傅靖衍直接道出自己對她的確有興趣。

她會閃避還是會正面回應？他很想知道。

「所以你下車是為了了解我？」裴苡湘沒有繞路，正面回應了。

他真被她妹妹說中了，真的對她有意思？

這邊不得不提一下，那晚過後她的寶貝妹妹衝到她的房間，問了一大堆問題後就只丟給她這個姊姊一句話，那就是「姊，傅靖衍肯定對妳有興趣」，但很抱歉，她並不會稱上回那種會面為邂逅，但是這一次嘛……

嗯，她可以依然不要承認嗎？雖然她也知道這次的情境似乎在在顯示他們兩人似乎有那麼一點點的有緣。

「錯了，其實我是對餐車可愛的造型有興趣。」他有些驚訝她的直接回應，並有了與她談笑的慾望。

「那可愛的餐車在那裡，請你自便，我相信老闆會很樂意被傅天集團總裁以十倍價格親自收購。」兵來將擋，水來她會想辦法不讓它淹到自己。

「如果我花十倍價格收購能讓妳每天出現在我面前，我倒是可以考慮。」傅靖衍當然不是一盞省油的燈，談笑歸談笑，他還是可以間接讓她感受到自己的喜愛之意。

「那你得泡出好喝的香蕉巧克力牛奶才行。」她拿起杯子在他眼前晃了晃，隨即又吸了一大口以穩定自己過快的心跳。

畢竟沒經驗，她覺得自己有些招架不住，雖然她很小心不被他發現。

果然不能小覷這樣的男人，尤其當他對妳有興趣時……

裴苡湘心忖。

「我想餐車老闆會很樂意指導我。」傅靖衍敏銳地發現她這次吸飲是為了轉移自己的注意力，心想自己是否太過急躁。「妳等會兒要做什麼？」他倏然轉移話題。

「回家吧，怎麼？」既然他決意結束話題，她當然樂於配合。

「不介意陪我去吃頓飯吧？」此話雖是徵詢她的同意，但他已經主動拉起她的小手起身，準備要離開。

就一頓飯，然後今天他就會放她離開，循序漸進這樣的方法他想著應該比較適用在她身上，雖然他內心仍是覺得自己今天急躁了些，不過他真的不想在此時此刻就結束與她今日的相遇。

「我好像不能拒絕？」見他替自己拿著書，裴苡湘發現他好像骨子裡挺獨裁的。

問她又不給她機會拒絕，這是什麼情形？

「好像是這樣。」他回應的態度好像對方可以自由選擇似的，可是緊握的手可沒有放開的打算。

「……好吧，與不曾鬧誹聞的總裁吃飯是我的榮幸。」本來想著要拒絕，但忽來一個念頭讓裴苡湘任由他帶著微笑一路牽著走。

她不想跟他再進一步，但禮貌上也不想當場讓他難堪，所以吃完這頓飯之後，她以後很可能會見到他就閃，但她不會告訴他，這是他們之間的……

最初也是最後的一頓晚餐！

五、一瞬間的心亂

「妳就非得看我一頭亂髮不可？」

在晚餐過後，傅靖衍拉著裴苡湘走到餐廳門口旁等車之際，她突如其來踮腳然後伸出一雙小手對他猛地就是一陣揉髮攻擊讓他當場失笑了。

「你上次不是恩准我可以在沒人的時候揉你頭髮？」對他使用敬語，裴苡湘非常滿意自己見到他不若平常斯文的另一面。

頭髮散亂的他感覺有點狂野，彷彿從白馬王子化身黑騎士，這讓她玩心大增。

反正就最後一次了嘛，就讓她玩一下囉！

「我是這麼說過，不過我沒想到妳真的會做。」他邊說邊回以顏色，也伸出手欲揉亂她一頭烏黑亮麗的秀髮。

禮貌往來才禮貌，這是他母親從小的教誨，他當然不會忘記。

「呀！」裴苡湘沒想到他會報復，腳步一退，正好踩空，人眼看就要往後跌去跟地面 SAY HELLO。

「小心！」被她嚇了一跳，傅靖衍趕忙伸出手臂勾住她腰，避免她與地板的親密接觸。「沒事嗎？」他問，臉上出現一絲罕見的擔憂。

他可不想讓她聰明的腦袋撞傷，因為那說不定會讓他失去與她對話的樂趣。

　　他喜歡跟她說話，本來不是百分百確定的事，在一頓晚餐過後他便更加肯定了。

　　對她的興趣更是有增無減，噢，這樣說可能還太客氣了，正確來說應該是興趣度爆表才對。

　　「我沒事……」撫著驚惶未定的心口，裴苡湘這時沒發現自己正貼在他懷裡，而他們倆人靠的非常近這個事實。

　　「沒事就好。」環抱著她，他輕聞著她身上傳來的淡淡香氣，暗自確認這樣的香味是他喜愛且感到舒適的。

　　她身上不是香水味，只有一股令人聞之愉悅的幽香，這種香味讓他不想鬆手，因為他喜歡，發自內心的喜歡。

　　「我沒事了，是不是可以……放開我了？」忽地察覺到由他身上傳來的男性氣息，那微微的壓迫感及不習慣讓裴苡湘說話頓時變得有點不自在。

　　雖說旁邊沒什麼人經過，但他們這樣的親暱卻會讓她處於某種不明的情緒當中，只好出聲請求。

　　聞此言，傅靖衍注視了懷中的她片刻，這才收回摟住她纖腰的手臂，對她不自在的神情一笑。

　　看來她真的很不習慣跟男人接觸呢！

　　面對這種問題，他突然不知道該高興還是該難過。

　　知道她沒有過其他男人當然很好，這是男性天生優越感的問題，不過如果對象也包括他，那他覺得實在不太妙，因為他真的很想跟她有進一步的發展。

　　「車來了，我送妳回家吧。」想了想，他還是決定暫時放棄提起交往的念頭。

　　俗話說心急吃不了熱稀飯，他得想辦法先讓她習慣才行，當然對象僅止於他。

　　「好。」小聲的應了句，裴苡湘在上車的同時，突然覺得自己變得有點奇怪。

　　她幹嘛要為這種事不自在？

　　反正她沒有跟他談戀愛的打算不是嗎？

　　輕搖著頭堅定自己的信念，裴苡湘心想，自己應該真的不要再跟他見面，以免動搖她這幾年決意將時間花費在其他方面的決心。

　　談戀愛？

　　唉……她真的沒這個打算，所以很抱歉，他好像得失望了呢！

六、推 拒

　　不知道是傅靖衍上輩子好事做太多還是裴苡湘好事做太少，反正他們兩人之間好像有一條莫名的絲線在牽引，因為就在她抱著一大堆剛採購的書籍從書店走出之際，眼角餘光竟然瞄到那位被她稱為微笑王子的男人竟帶著兩名特助恰好從書店旁的高級咖啡廳走出，讓她想都沒想立刻轉身欲逃，只可惜她腳步尚未踏出，眼尖的王子就已經發現了她的存在。

　　「真巧，裴家平民小姐。」傅靖衍佇立在她背後不遠處，注視著她欲逃的舉動。

　　她不想見到他，為什麼？

　　他不明白自己做了什麼讓她討厭。

　　不過他倒是很討厭她那欲逃的舉動，內心隱隱有股不悅在上升，但他自然是不會表現出來的。

　　「是很巧，傅家微笑王子。」無可奈何的轉身，裴苡湘非常不甘自己的脫逃計畫失敗。

　　她不想再讓自己跟傅靖衍有任何接觸，因為她發現自己對他好像有一點點好感，呃……或許可能比一點點再多一點點？

　　但是這種少女情懷讓她感到焦躁，所以在她看來要解決的最好辦法就是逃，雖然她向來不喜歡逃避，不過針對傅靖衍這個人，她暫時想不出其他方法來應對，只好選擇當個逃兵，沒想到過程一點都不順利。

「又買書？」雙眼判讀著裴苡湘臉上的神情，傅靖衍會用「又」是因為在他們兩次的見面中她都抱著書不放，所以他毫不懷疑她愛書的程度有多癡迷。

不過青菜蘿蔔各有人愛，這也沒什麼，就是恰好某些人喜歡音樂，某些人喜歡爬山，而她喜歡看書就是了。

「嗯，帶這些回去填飽我書櫃的肚子。」雖然裴苡湘也知道她書房的書櫃已經飽到在打嗝，不過她還是決定要把懷裡這些書帶回家然後把她家書櫃的肚子撐破。

「很有趣的形容詞。」對她可愛的用詞笑了下，傅靖衍抬手指了指身旁由特助開來等候的車。「我送妳一程？」

這一次，他沒有擅自下決定，因為他在想，不知道是不是上次自己太過主動的舉動讓她不太喜歡。

他不想被她討厭，所以這次由她自己決定，但他希望她不會拒絕。

「呃……不太方便。」知道他在給自己選擇的機會，裴苡湘本來馬上就要拒絕，但在見到他眼底那抹隱隱的期盼目光後，她遲疑了，不過最後還是決定拒絕。

對自己說好不再與他接觸，那她就不想破壞這個她與自己的約定，即便看到他微微愣了下，也沒有改變她的決心，但她必須說他的態度讓她有點點不忍心。

但是！

她不可以這樣！

她自己很清楚這樣下去怎麼得了？

裴苡湘真是越想越覺得自己非常矛盾，但他的小情緒偏偏就是讓她掛懷，就像有顆小石頭壓在她心口讓她不太好受，但她選擇不動聲色甚至是刻意忽略。

「那麼，回去的路上小心，再見。」既然被拒絕了，傅靖衍雖然頗失望，但並沒有繼續糾纏她的打算，不過他還是忍不住伸出手摸摸裴苡湘的頭，叮嚀她回家要小心之後，他就搭上車離開了。

「對不起……」目送傅靖衍的車離開，裴苡湘才呢喃致歉，不過她發現自己心頭那股歉意揮之不去。

畢竟再怎麼說，或是任憑誰來看，傅靖衍都是個很不錯的人，如果身邊是這樣的男人，她想應該很多女人都會覺得高興且歡欣吧？

可她偏偏不，但她很明白是她自己的問題，傅靖衍那方是一點問題也沒有，而且他很紳士，被她拒絕後，除了表現出壓抑過的淡淡失望外，並沒有對她再多加糾纏，分寸拿捏得這麼好，讓她更覺得對他不住了。

抱著書站在街邊，裴苡湘還是頭一次忍不住這樣想，那就是……

她或許真的是個怪人吧？

　　雖然她以往不這麼認為，但心頭那股小騷動讓她初次有了這樣的感覺。

　　面對這樣的男人，她是該動心的，但她卻沒有，這很怪吧？

　　只是……

　　真的沒動心嗎？

　　這恐怕目前只有她本人知道了。

　　而當然，如果有，她目前也不會承認的。

訂個嚐愛期限

44

七、真是緣分？

　　所謂緣分，很通俗來說就是很容易相遇，就是你想不要遇到都不可能，這就是緣分，很多人都這樣解釋，當然裴苡湘也聽過，不過她本來是認為自己跟傅靖衍應該沒有有緣到這種地步，畢竟不是有另一句話叫做「人定勝天」嗎？

　　所以，她本以為自己的意志可以成功對抗老天爺，不過老天爺看來不喜歡她挑戰祂的能力與安排，導致短短一個月，裴苡湘這麼低調且喜歡往安靜地方鑽的人居然可以莫名地遇見傅靖衍高達五次，可想而知老天爺正在玩她，而且玩得很起勁。

　　不過這天夜晚，就不能算是巧遇了，而是裴家一家受邀到傅家舉辦的晚宴，而她在傅靖衍差人送來的邀請函上因為特別被備註說「非常希望」她可以出席的情況下，加上近來兩家有些生意往來，所以……

　　不來不行，她第一天看到邀請函的時候就知道了，所以她跟著來了，一席淡黃色連身洋裝配上一雙白色約六公分高的粗跟包鞋，而她一頭長髮則被她喜歡打扮的妹妹幫忙挽起，並在髮髻上夾上一支小蜻蜓裝飾。

　　然後，才一到會場，她的手就被跟他們家打完招呼之後的傅靖衍給牽住直到現在，他都沒打算放手。

　　「你……不用去跟大家打招呼嗎？」手還是被他牢牢牽著，裴苡湘本來心頭一驚，想著他該不會想霸王硬上弓把她介紹給

全場的人，像這樣的情況說真的不用特別說明也知道傅靖衍在宣示什麼。

可偏偏傅靖衍沒有，從牽住她的那一刻就沒太理會過其他人，主動過來打招呼的自然他是會回應，但他卻沒有主動走向誰過了，就一直跟她待在陰暗的角落，看著宴會上人們的一舉一動。

不過，其實裴苡湘還是輕忽了，在這種場合，她的手被他牢牢牽住不放已經算是一種宣示了，根本不需要特別去說明什麼，在場的人就大概都知道傅家少爺是何等心思了。

「不用，這種場合我的家人會處理的很好。」今晚，傅靖衍很明白自己不是主角。

這個晚宴只是一個很平常不過的晚宴，沒有什麼特別的目的，說白一些就僅是傅家辦了個比較豪華的餐會跟其他有合作的同業一起吃吃喝喝聯絡感情罷了，而雖然他身為總裁，但通常這種場合他已經退居幕後的老爸，跟很會交際的老媽，還有喜歡熱鬧的奶奶會主持大局，他是樂得輕鬆愜意得很。

「喔……」裴苡湘有點訝異的看著他，這一瞬間她忽然懂了為什麼她妹妹曾跟她說過，說有人說她跟傅靖衍有點相似，只是她更孤僻一點。

「湘湘，餓嗎？餓的話我去拿點食物過來。」既然不關他的事，傅靖衍自然是以心上人的需求為第一。

「不餓。」裴苡湘搖頭，對他過於親暱的稱呼更是已經算是接受了，因為這不是他第一次這樣叫她，早在他們第四次偶遇後，他對她的稱呼就已經從裴家平民小姐變成湘湘了。

「那麼……」看了眼她，又看了眼自家大廳，傅靖衍唇邊浮上笑意。「我們逃走吧？」

他很確信她絕對不會想一直待在這裡。

「可以嗎？」裴苡湘有點傻眼，看著他那不若以往和煦、反而帶點頑皮的笑容。

「當然，以往通常這個時候我已經逃走了，今天是因為妳來，要不我早已經在我書房放鬆了。」有何不可的光芒在傅靖衍的眼底閃動著。

「可是帶著我你怎麼放鬆？」想逃是一回事兒，但聽到他說放鬆二字，她就覺得自己並不適合跟他一起逃走。

人想放鬆不都得是自己獨處嗎？至少她以往都是這樣認為，所以並不想阻礙他。

「別擔心，跟妳在一起跟我自己獨處一樣放鬆。」他笑，張望了下就拉著她閃身出了大廳然後往自家後院走去，接著一路領著她從廚房後門進入，接著爬上樓梯到三樓，直接進了他的書房。

「坐吧，我想妳會喜歡那裡。」指了指窗邊那個專為閱讀而布置的小天地，傅靖衍在終於放開她的手後便招呼她落座，然後說了句「我去拿點喝的」之後就離開了書房。

「我是挺喜歡的。」在他離開之後，裴苡湘走到他指的位置坐下，任由月光灑落在她身上，一股靜謐又舒適的感覺瞬間充滿她全身上下，讓她不由自主發出了讚嘆。

這個男人越來越了解她。

裴苡湘立時發現了這件事，然後讓她訝異的是，十分鐘後他端來的飲品竟然是……

香蕉巧克力牛奶。

而且他說是他親手做的。

訂個嘗愛期限

50

八、被觸動的心

「好喝。」

自把飲品端給她之後，傅靖衍就沒有再說話，反而跟她剛剛一樣抽了本書，然後坐在她身邊任時間流逝，結果反而是裴苡湘先開口稱讚他的手藝不錯。

「是嗎？我之前失敗了大約十次，剛開始不是太甜就是太淡，要不就是沒有香蕉味或巧克力味太重。」被她誇獎，傅靖衍臉上帶著微笑，言語中還有股自我調侃的味道。

「你又不喝，幹嘛練習這種事……」說是這樣說，但裴苡湘心底卻是很明白他是為了誰。

就說了，幹嘛這樣為難她！

他就不能隨便端壺茶上來就算了嗎？

裴苡湘頓時有點不知道該拿他怎麼辦才好。

「妳愛喝不是嗎？」傅靖衍一臉理所當然的模樣。

「……對。」裴苡湘必須說自己不意外他會這樣說，但她不想聽到，可偏偏又阻止不了他開口，頓時有點悶。

這男人手上拿著一根羽毛在搔她的心臟！

他就不能考慮一下這樣對她的健康不太好嗎？

裴苡湘發誓，她真的差一點點對他大喊「不要這樣對我」！

「湘湘，怎麼了？」雖然裴苡湘沒有大喊，但是她表情微變，而傅靖衍看出來了。

「沒有，什麼事都沒有。」裴苡湘要再次發誓，她本來是個很淡然的人，但現在她發現自己淡然不起來，連語氣都開始微微上揚，有一股控制不住的悶在她心頭亂竄，而她非常不喜歡這種感覺，但不想讓他知道，只能口是心非了。

「湘湘，我讓妳困擾了嗎？」傅靖衍覺得現在空氣中就瀰漫著這樣的氛圍，雖然很淡。

「我知道不能怪你。」裴苡湘與他對視著。

這個悶其中她自己的問題比較大，她知道不能怪他，畢竟人在遇到自己喜歡的人事物的時候想去追求是很正常的事，況且他所做的一切追求舉動看來，都在相當合理的範圍內，並沒有逾越，她是個明理的人，當然不會怪他⋯⋯

才怪！

裴苡湘嘴上是這樣說，但此刻心裡是恨不得把他手上拿的那根羽毛立刻奪來一把火給燒了！

「多謝妳的諒解。」傅靖衍豈會沒看出她的口是心非，但他可沒笨到拆穿她。

這是多不智的行為，當然不可為之。

「不客氣。」裴苡湘繼續口是心非，但心中那股悶也已經達到最高點，所以她決定把注意力放在書上，別繼續跟他交談才是上策，雖然剛剛是她起的頭，那她自己結束總可以吧？

　　當然可以，而且傅靖衍非常配合，她沒再說話他也沒打擾她，就這樣任時間一點一滴過去，慢慢的夜深了，下頭的晚宴也結束了，裴苡茵甚至還在傅母的帶領下上來找姊姊，但發現自家姊姊睡著也就算了，但竟然是被傅靖衍摟著，窩在他懷裡安睡時，裴苡茵這個丫頭片子就很快樂，也很放心的把姊姊丟在傅家，然後跟傅靖衍眨眨眼睛，跟傅母打過招呼後，就一溜煙下樓跟自家父母報告狀況，然後……

　　嗯，一家三口就這樣離開了，非常放心的，非常愉快的回裴家了。

　　很好的發展，裴家一家三口在到家之後甚至各自睡下前都是這樣覺得，畢竟門當戶對且看起來很相配，所以沒什麼不好的，而很顯然傅家人也是這樣認為，所以這一夜，傅靖衍書房裡，就是那幅很美的畫面直到半夜某人驚醒，慌慌張張飛奔回家畫面才嘎然而止。

九、試試看嗎？

　　裴苡湘從來沒有過如此後悔的經驗，而內心那股悸動，是她在事發三日之後仍然平息不了的惡夢。

　　她竟然在他家睡著了，而且睡著也就算了，她還被他摟在懷裡，但這也就算了，重點是她睡得很好，要不是半夜有點渴而醒來的話，她覺得自己非常有可能應該會枕著他胸膛一路睡到天亮，那睡眠品質之「好」，讓她非常悶！

　　「姊，妳還是不打算考慮一下嗎？」觀察了姊姊兩天，裴苡茵覺得是時候開口跟姊姊聊一下了。

　　雖然她們姊妹年齡都不大，不過她覺得早點結婚其實也不錯，如果她姊的對象是傅靖衍的話，她是很樂意在一兩年之內就多個姊夫的。

　　「考慮什麼？」妹妹忽然沒頭沒腦的問話讓裴苡湘一時沒有反應過來。

　　「考慮跟未來姊夫交往。」裴苡茵說完，還不忘跟姊姊眨眨眼睛一臉調皮。

　　「亂說話！什麼未來姊夫！」裴苡湘當場變臉。

　　看看這丫頭，她都快煩死了，還來瞎攪和！

　　「姊，談戀愛沒那麼可怕吧？妳就試試看嘛，反正在我看來傅靖衍對妳是誓在必得，妳就不要掙扎了啦。」何必那麼累呢？

「不要。」嘴上順口而出拒絕的話，但只有裴苡湘自己知道自己已經有一些些動搖。

呃……或許再多一些些？

「可是姊，妳對他有好感不是嗎？」顯而易見的事實擺在眼前，裴苡茵不是瞎子，沒道理看不出來。

兩情相悅是愛情發展的最好情況，這感情既然已經有些不能控制，那何不讓兩個人嚐一嚐皆大歡喜的滋味？

「我沒……」原本想理直氣壯的回答在妹妹了然的目光中轉為微弱，裴苡湘雖不想承認，但卻也無法否認。

「看吧，妳自己都因為不想否認而心虛了！」無關嘲笑或嘲諷，裴苡茵只是用短短一句話點出事實。

要是真不喜歡的話，她姊幹嘛因為她看了一眼話就停住了？這擺明是想睜眼說瞎話嘛！

「茵茵，我很迷惘……」聽了妹妹的話，裴苡湘突然以嘆息的嗓音說道。

裴苡湘從來沒想過要談戀愛，這件事也一向不在她既定的計畫之中，所以她現在真的很迷惑，不知道自己是否該就此接受這好像是命運故意的安排。

「姊，既然這樣，那不如妳就跟他訂個期限，這樣妳可以嚐到愛情的滋味也不必在這裡煩惱，更可以讓他如願，怎麼樣？」說著腦中目前能想到的想法，裴苡茵突然想起姊姊早就

安排好的遊學行程，趕忙又說：「姊，妳三個月後不是要去遊學嗎？那這樣不是正好？」

知道裴苡湘現在完全不想被人綁住，所以裴苡茵給了建議，但決定權在裴苡湘身上，畢竟如果真要這麼做，要談戀愛的人是裴苡湘可不是裴苡茵。

「妳是說跟他談三個月的戀愛，然後就結束？」偏著頭，裴苡湘不由自主思考起這個辦法的可行性。

其實，如果裴苡湘現在腦袋很清醒就會發現這是個餿主意，但很可惜的是，她現在腦中一片混沌，加上對傅靖衍的存在日漸在意，所以就不自覺思考起這個辦法是否可以施行。

「嗯，反正姊妳現在不想被綁住，但又有點想試看看跟他談戀愛是什麼光景，加上他似乎也決心要追求妳到妳同意為止，那這麼做應該還不錯吧？」雖然裴苡茵也自認為這並不是非常完美的辦法，但就目前她姊姊的心態如此矛盾的狀況下，這勉強也能算個辦法。

三個月的時間說長不長，說短不短，是應該足夠試試談場戀愛了。

「好像是個不錯的辦法……」嘴裡喃喃說著，裴苡湘在猶豫片刻之後，毅然決然做下決定。「就這麼辦！」猛力一拍手，她讓自己的煩惱在此拍案終結。

　　她妹說的對，反正傅靖衍的目的是跟她談戀愛，那她跟他談三個月的戀愛不就得了！

　　「茵茵，謝了，這真是個好辦法！」煩憂得到解脫，裴苡湘開心的向妹妹道謝。

　　「沒什麼啦……」回姊姊一個微笑，裴苡茵心中其實有些擔心。

　　雖說她姊姊對任何事一向瀟灑，但這次面對的是愛情這玩意兒，她姊真能在三個月之後不帶一片雲采從容離去嗎？

　　裴苡茵真的不確定。

　　雖然辦法是裴苡茵想的，但裴苡湘跟傅靖衍兩人的發展就不是裴苡茵所能控制的了，如果事情脫軌的話，裴苡茵是絕對不會承認，自己出過這麼個主意的，要怪就得怪老天爺不好，硬要把裴苡湘跟傅靖衍湊成一對！

訂個嚐愛期限

十八　疑　惑

　　一大早，時間甚至還不到九點，裴苡湘的身影就出現在傅天集團的大門口對著那旋轉門發愣。

　　她人來是來了，但是怎麼見到傅靖衍並且跟他提議三個月之約才是她目前所思考的重點。

　　腳步不斷在門口來回盤旋，她腦中的思緒也跟著不停快轉，不知道她這種突如其來的要求他是否會接受。

　　突然，一道身影擋住了她的去路，讓她陷入思考的思路被打斷，使她連忙抬頭一看，這才發現沐浴在早晨陽光下的傅靖衍正有些驚訝的看著她。

　　「湘湘，妳來找我？」不止表情驚訝，傅靖衍連聲音都帶著訝然。

　　他才甫下車就見到在他公司門口徘徊的她，讓他二話不說就直接走到她面前，但是他人是站在她面前了，心中卻不明瞭她為何會一大清早就出現。

　　但雖不明白她的來意，可傅靖衍對於一大早能見到她的臉龐，心中其實很開心。

　　「嗯，你有空嗎？我們可以聊一聊嗎？」裴苡湘自然很明白這大門口是不適合談事的。

　　「妳第一次來找我，我沒空也得有空。」傅靖衍對她露出比平日禮貌性笑容還要放大的微笑。「上我的辦公室聊吧。」

　　手一伸，他不管身邊上班的下屬人來人往正盯著他們看，直接就將她摟住，帶著她一同走進公司裡。

　　他好像真的很開心……

　　既然已經決心要和他談戀愛，裴苡湘對於他太過自然的舉動沒有任何特殊反應，但他的情緒卻是很破天荒外，放到非常輕易就讓人察覺。

　　她只是來找他而已，他就真的這麼開心嗎？

　　裴苡湘本就動搖的心搖動的更劇烈，讓她不得不承認自己被他所重視的感覺真的很好。

　　「湘湘，吃早餐了嗎？」摟著她來到辦公室，他一開口就是怕她餓著的言語。

　　「吃了，你呢？」看著心情非常愉快的傅靖衍，裴苡湘反問是反問，但內心卻是有些不知所措，忽然感覺自己不敢去想像萬一他答應條件而三個月到了之後，他會是什麼樣的表情。

　　成嗎？

　　這三個月的戀愛之約，能提嗎？

　　昨晚還胸有成竹覺得真是個天殺的好主意的裴苡湘，現在遲疑了。

　　「嗯，我也吃了，怎麼了？妳在想什麼？」不明白為何她看著他的臉，眼底卻是流轉著不確定的光芒，所以傅靖衍在帶著她到沙發一起坐下的同時，倏地開口問了。

「我問你，你……很想跟我談戀愛對不對？」其實裴苡湘更想問的是，為什麼好像非她不可，她覺得自己沒有特別到會讓人如此執著才對，尤其是條件相當優越的他。

當然，門當戶對一回事，她不否認雙方家世相當，這方面是很匹配的，但是她本以為他應該會喜歡那種活潑一點的女孩，畢竟倘若不是她這種個性，或許有些女人會覺得他太忙且有點悶，而她覺得這樣的男人就應該喜歡主動一點會討他開心女孩，但偏偏他不是，喜歡上她這個很多時候都彷彿入無人之境，把一切隔絕在外的人，這到底是為什麼？

雖說本來的目的不是這樣，但見到他心情如此愉快後，裴苡湘真的是感到很疑問了。

「是。」就一個字，外加略帶驚訝卻毫不掩飾喜愛的眼神，這就是傅靖衍的答案。

「為什麼？」實在太想弄清楚，所以裴苡湘只能開口問了。

「雖然我很少靠感覺來決定事情，不過對妳，如果要很籠統地說，就是感覺對了，我從來沒有過這種感覺，很想擁有一個人，想跟她一起待在她的小世界，想貪心的分享她小世界裡的一切，想看著她笑然後跟著她笑，想一直跟她說話，想一直抱著她，想把自己內心那個無人探知過的世界跟她分享。」一字一句，傅靖衍說得非常詳細，然後就見到眼前的小妮子臉慢慢紅了。

　　「謝謝你說的這麼仔細……」害羞的感覺瞬間充斥全身上下，裴苡湘除了感到意料之外，還有一股受寵若驚的感覺。

　　這男人真的很喜歡她耶！

　　不是在說假的耶！

　　他字字句句都很清楚明白在說明他全身的細胞都很喜歡她耶！

　　心跳以倍速在加快，裴苡湘忽然不知道該怎麼提今日前來的目的。

　　該怎麼辦呢？

訂個嚐愛期限

66

十一、提　議

「湘湘，妳願意跟我試著交往看看嗎？」

沉默了很久，裴苡湘卻是在傅靖衍這一句話出口後醒了過來。

對！

是該試，她本來就是來提議這件事的，因為她想嚐試跟他談戀愛是什麼滋味，況且話又說回來，說不定交往以後他們其實合不來呢？

那麼，提個期限出來應該就沒那麼奇怪且可以被他接受了吧？

而且，雖然她沒談過戀愛，但是看過很多書也從妹妹那裡聽過不少風花雪月，所以有些男人到手之後就會變了樣這件事她也不是沒聽過，雖然她心裡是不認為傅靖衍會是這種人，但她對他認識不深，也無法全盤否認，所以說是該試，訂個期限來試，她覺得這是可行的。

至於如果試了之後是可行的，那就……

到時候再說吧。

由此可知，裴苡湘這張戀愛白紙想的很簡單，但事情絕對沒她想的那麼單純。

「三個月，如果我們合不來就分開，不要勉強。」深吸一口氣，在傅靖衍專注的眼神下，裴苡湘真的說出口了。

　　就嚐試看看，因為她也不知道到底會怎麼樣，但老實說她現在滿想跟他談戀愛的，這一點沒的否認。

　　「可以。」傅靖衍同意得很快，但眼底隱隱有股奇怪的光芒在流轉，不過他很小心沒讓裴苡湘發現。

　　「那……請多指教。」關係成立，然後裴苡湘卻不知道該說什麼，只好伸手出去還說了句很官腔的話。

　　「彼此彼此。」傅靖衍握住她的手，笑得一臉溫柔。

　　「那我回家了。」事情辦完了，就該滾蛋走人。

　　裴苡湘是這樣想，不過很顯然她要走有人可不會讓她走。

　　「湘湘，不介意的話可以留下來陪我吃午餐嗎？」不放人的就傅靖衍是也，拉著她的手到現在都沒放。

　　「啊？可是你不是要辦公？」距離吃午餐還有這麼久，裴苡湘不認為自己留下來是個好主意，因為她總覺得會打擾到他的工作。

　　「嗯，不過距離午餐也就幾個小時，我想我旁邊那間休息室裡頭的書，夠妳打發這幾個小時了。」說完，迎上裴苡湘聽到書之後的發亮眼神，傅靖衍忍著笑，牽著她走入他辦公室內那間特別間隔出的休息室，然後不意外她雙眼更加亮晶晶了。

　　「哇！」裴苡湘何止雙眼亮晶晶，她連心臟都開始狂跳，一雙大眼很驚艷的四處巡視。

　　這個休息室的書籍數量雖不及她家的藏書或是他書房的書量，但是似乎有很多她沒見過的書，讓她不由自主在傅靖衍刻意放輕的手勁下脫離了他的範圍，奔到書架前東瞧西瞧。

　　這一瞧不得了，不只有好多書她沒看過，有好多還是特別裝釘版、限定版、獨家發行版，甚至已經絕版很久的書，他這裡竟然都有，讓她熱血沸騰，覺得自己在這裡連續待上三個月都不嫌多。

　　「喜歡嗎？」帶著滿臉笑意走到她身後，然後不著痕跡從背後攬住她，傅靖衍必須說自己很滿意自己看到的結果，且一點也不在意自己在書堆前被她忽略。

　　「超級喜歡！我可以常來嗎？不，我是說我可以每天來嗎？」根本沒發現自己被攬住，裴苡湘還轉身一臉興奮朝面前的他請求，整個人情緒高亢到無以復加。

　　「歡迎，但是假日的話我希望我們可以一起出去走走。」傅靖衍絕對不會承認這是交換條件，當然也不會承認自己的誘餌拋對了，他什麼都不會承認的。

　　「喔……好啊。」他忽然這樣說讓裴苡湘愣了下，不過很快的她就發現這應當是正常情侶該做的事，也就沒有反對了。

　　「那這星期六我們就出去走走。」機不可失就是這樣使用的。

「好。」裴苡湘點點頭，然後這才發現他們兩個人靠的好近，尤其是傅靖衍還微微彎著身子，所以他們兩個人的臉貼的非常近，然後她就發現自己的臉又開始慢慢變燙了。

「那妳看書吧，我去忙了。」鼻尖都快碰到她的了，也知道她臉又紅了，但偏偏傅靖衍沒有再進一步，就這樣放開她就往休息室門口走去。

「辛苦了。」變紅的臉蛋尚未冷卻，裴苡湘說話的同時也悄悄鬆了口氣。

不過她忘了有兩個詞，一個叫做「趁其不備」一個叫做「回馬槍」，所以在她又轉身正要煩惱自己要從哪本書開始閱讀時，傅靖衍卻走了回來。

「妳在我就不辛苦。」他在她愕然轉身後這樣說，然後很快速低頭在她唇上吻了一下，接著就轉身走了出去，臉上是非常愉快的笑容。

他喜歡她的性子，喜歡她的害羞，因為她的害羞是因為他，這件事讓他非常開心，尤其是她說了要天天來，這對他而言可是求之不得的天大喜事呢！

訂個噹愛期限

十二、所謂的談戀愛

　　裴苡湘沒談過戀愛，但她大概知道別人談戀愛是什麼模樣，畢竟她可愛的妹妹陷入愛情時的模樣她可沒少見過，還有身邊朋友遇上愛情的沉溺姿態她也一點都不陌生，不過她必須說，她沒想到自己跟傅靖衍會是這樣談戀愛。

　　所謂的熱戀期，也就是他們現在的階段，依照她的認知來看，應該是每天你儂我儂，倘若分開便是熱線不斷，但是她跟傅靖衍嘛……

　　這一個月來，每天見面是有的，因為她被揪住了嘛，所以除了假日之外都很乖巧會去傅靖衍專用休息室報到，假日他們也會一起出去走走，不過你儂我儂濃到心坎兒裡這種事並沒有發生。

　　再者熱線不斷這件事也沒出現在她跟傅靖衍之間，他會送她回家，道別之後會輕輕在她額上送個晚安吻，接著就回家，之後也不會在到家之後打電話給她，所以熱線到天明這件事她沒有親身經歷，但她喜歡他這樣。

　　「湘湘，怎麼了？」

　　這天是假日，是一起出去走走的日子，兩個都愛安靜的人自然是不會往鬧處跑，傅靖衍帶著裴苡湘來到市郊一處私人會所，是一處布置的古色古香，庭院有小橋流水，建築也仿造古式風格的會員制會所。

　　而因為採會員制，而且會費價格不斐，所以來此的會員們都能享有專屬不被人打擾的空間，這也是傅靖衍喜歡這裡的原因。

　　遠離塵囂遠離都市，可享受寧靜安詳卻不失方便，而他不是第一次帶裴苡湘來，他們交往的第一個禮拜他就帶她來過了，而她很喜歡這裡，不管是整個會所的環境還是食物甚至是擺設布置到提供的所有物品書籍，她通通都喜歡，所以今日他們又來了。

　　只是來了之後裴苡湘手上拿著書卻是不時偷偷瞄著他，讓他在好奇之餘便開口問了。

　　「沒事！」裴苡湘一個回神，馬上火速搖頭。

　　「那妳一直偷看我是為什麼？」傅靖衍將身體移的更靠近她，一臉似笑非笑的表情。

　　此地無銀三百兩的代言人就在他面前，他得好好問一下才行。

　　「我是在想……談戀愛就是這樣的感覺嗎？」這個問題最近有點困擾裴苡湘。

　　「那麼妳認知中的談戀愛該是什麼模樣？」傅靖衍倒是有點意外，沒想到她會有這樣的疑問。

　　「就是別人形容的那樣，但我覺得我們沒有。」他們是真的沒有照一般邏輯在走，她是這樣認為的。

「那妳喜歡那樣？」傅靖衍可不這麼認為。

結果，果然看到裴苡湘搖搖頭，讓他眉一挑，臉湊近她。

「以我的判斷，如果我真照那樣的模式跟妳談戀愛，我想不用三個月，妳大概一個禮拜就跟我分手了吧？」他鼻尖抵著她的，輕聲問道。

「呃……是吧……」兩人太靠近讓裴苡湘臉紅了，支支吾吾承認之後，發現自己的唇被他很快的點了一下，然後他就恢復原狀了。

「我以我們兩個都覺得舒服的方式在跟妳談戀愛，妳不喜歡嗎？」偷香之後一點愧疚感也沒有，傅靖衍偏頭望著她酡紅的臉蛋，心裡很滿意自己讓她的臉頰染上淡淡的紅暈。

「事實上……」總覺得自己說實話會讓某人太得意，但偏偏裴苡湘有點管不住自己的嘴。

「喜歡」。

喜歡二字出口後，她就見到傅靖衍笑了，但不知道為什麼她覺得他的笑容有點奸詐。

是她的錯覺嗎？

「那就好，我可不想被妳宣判出局。」這是他的真心話。

「目前不會。」裴苡湘倒是很老實，只是眼神有點飄忽。

　　現在當然是不會，才一個月嘛，但是三個月後會是什麼情況說實話她也不知道。

　　「湘湘，有什麼話想說嗎？」她的飄忽眼神，可沒逃過傅靖衍的一雙利眼。

　　「沒有！什麼都沒有！」怎麼可能說？裴苡湘拼命搖頭，接著趕忙把注意力放回書本上。

　　「那我去吩咐他們準備下午茶。」說走就走，傅靖衍馬上起身走了出去，卻在門即將關上的那一刻，聽見裴苡湘偷偷鬆了口氣的聲音。

　　可他不為所動，不動聲色把門關上，臉上的微笑依舊，只是添了抹洞悉一切的味道。

訂個嚐愛期限

十三、兄弟間的談話

「靖衍，你跟你休息室裡那個小姑娘真的在交往？」

難得來找好友公司找好友一趟，吳彥皓卻發現了奇異的現象，忍不住指了指休息室的門，壓低嗓音好奇開口問了個蠢問題。

但很抱歉，他本人覺得不蠢，因為這對情侶的互動不正常嘛！

尤其是女方那邊，剛剛跟他打招呼後就看了傅靖衍一眼接著就回休息室去了，那反應簡直平淡到他都覺得那是不是只是個女性職員而已！

「對，有什麼地方不對嗎？」傅靖衍一邊批閱公文一邊回應，一心兩用對他來說不是問題。

「但我看那小姑娘好像……」吳彥皓斟酌著該用什麼用詞比較妥當。

「不喜歡我？」吳彥皓說不出來，傅靖衍倒是很好心幫忙回答了。

「對！雖然我這麼說有點失禮，畢竟你剛剛都說了你們真的在交往，但狀態是不是太奇怪了點？她是有什麼把柄在你手上必須受你牽制嗎？」吳彥皓只能想到這方面去。

「不，事實上是我被她牽制了，所以我打算這輩子都纏著她，只要她不討厭我就行了。」雖說當橡皮糖不是畢生志願，

但遇上裴苡湘之後傅靖衍本人認為橡皮糖這個職業他這輩子恐怕是卸不了任了。

「蛤?」吳彥皓當場傻眼。

「很訝異對吧?」但其實傅靖衍本人也很訝異。

「對。」吳彥皓連否認都懶。

「不過我沒覺得有什麼不好,而且她也沒有不喜歡我,只是沒我那麼喜歡她而已。」先喜歡就輸了嘛,人家不都這樣說?

傅靖衍倒也不介意,因為只要裴苡湘有一點點喜歡他,那他認為自己就是贏家。

畢竟裴苡湘本來是個打死也不想談戀愛的人,他成功撩撥了她的心,這是一種成就感啊!

誰敢說他輸了?!

「那……這個……」吳彥皓繼續傻眼。

「怎麼?覺得我很不適合這種形象嗎?」單看吳彥皓的反應,傅靖衍自然是懂好友在想什麼的。

「何必呢?」不累啊?

「我覺得挺有趣的。」一點也不累。

「有趣在哪?」很抱歉吳彥皓必須說自己看不出來。

愛上一個心思看來就不在自己身上的女人有什麼地方可稱有趣的?

「太多了，但我更期待也很好奇我跟她約定好的三個月之戀過後，情況會變得如何。」傅靖衍一臉雲淡風輕的模樣。

「決定？什麼意思？你們交往還訂了期限？而且聽起來是之後要不要繼續的決定權在她？」吳彥皓這下眼睛睜得更大了。

「不，在我。」輕輕搖頭，傅靖衍笑得如一陣和煦的微風。

「拜託你說清楚一點，我實在聽不懂！」要不是礙於裴苡湘就在那間小休息室裡，吳彥皓就真的當場大叫了。

「她在跟我訂下時間之前，就決定好要去遊學了。」既然有人快被好奇心淹死了，傅靖衍也就打算日行一善，當個好人。

「那你是打算不讓她去？」聽起來是這樣。

「不，我會讓她去。」傅靖衍丟了個讓好友瞠目結舌的答案出來。

「什麼？」吳彥皓又傻眼了，但眼珠子這麼一轉，又看見好友臉上那胸有成竹的微笑。「靖衍，你另有打算？」

那帶著點邪惡氣息的笑，就是傳遞這樣的訊息。

「她不是一般女人，本來也不想談感情，是我去招惹她的，自然我不能去破壞她所設定的一切，因為她最大的原則已經被我破壞了。」而傅靖衍本人感到相當榮幸。

「可是？」吳彥皓雙眼瞇了起來。

「可是我又不想跟她分手。」就說這輩子纏定她了，傅靖衍可不是在開玩笑。

「所以？」慢慢的，吳彥皓開始覺得該被同情的應該是小房間裡那位小姑娘才是。

「放開她再拉緊她，重複個幾次，我想效果應該不錯。」好吧，這幾句說出來之後，傅靖衍承認自己有點壞，只有一點點，再多他也不會承認的。

「你這是……打算長期抗戰到她投降為止？」這一刻，吳彥皓真的覺得自己的同情心該放在誰身上了。

「不能說是投降，較好的說法是她心甘情願自願待在我身邊。」這種說法比較符合。

「可是用這種方法不知道要多久才會有實質的效果，你真的要這樣？萬一她一直沒投降呢？」不管傅靖衍說什麼，吳彥皓覺得這就是一場拉鋸性的戰爭，就是看誰先投降而已。

「就我最近斬獲的反應來看，我覺得我勝算挺大的。」只要有勝算，傅靖衍就多一分戰勝的自信。

「喔，了解，我只能說……你是真的很喜歡她啊。」吳彥皓最後下的結論就是這樣。

「嗯，緣分來的奇妙，而我就陷下去了，但我喜歡老天如此安排。」緣來就是這樣。

　　「好吧，只是我在想你這麼喜歡她，如此拉拉扯扯之間，她不在你身邊的時候，你會很寂寞吧？」畢竟傅靖衍才是吳彥皓的好友，自然是會替好友想到這方面去。

　　「是啊……」傅靖衍說話的同時，目光轉向休息室那扇門，表情微微變了。

　　寂寞啊，這是當然的吧，現在他們倆人幾乎每天都在一起，倘若她不在他身邊了，他自然是會感到寂寞的，但傾心於這樣一個女子，他也只能認了，不然還能怎樣呢？

　　因為心，收不回了呀。

十四、不受控制的跳動

　　過快的心跳讓裴苡湘很不能適應，但她最近老是這樣，要不是知道原因，她真的開始懷疑自己是不是該去看心臟科了。

　　至於這原因嘛，其實也不難猜，不就是傅靖衍嘛，就是他每回若有似無的撩撥，蜻蜓點水似的親密，讓她的心臟每回都不受控制狂跳，就像現在。

　　她不知道他那位好朋友什麼時候走的，因為她在看書，她也不知道他什麼時候進來的，因為她在看書，但當她整個人被拉起又被拉坐安置在他腿上時，她就僵住了，那該死的心臟就開始瘋狂跳動，因為她能感覺到他的氣息吹拂在她耳邊，一個字一個字在她耳邊用他天殺的好聽嗓音唸出書裡的內容。

　　「我已經大到不需要聽床邊故事了！」雖然心臟狂跳，但裴苡湘還懂得要提醒後方那位仁兄，他靠她太近了，這樣的親暱在他們之間是頭一次，她真的很不習慣！

　　「但我想聽，要不妳唸給我聽吧？」下顎抵在她肩頭，傅靖衍的語氣有點耍賴的味道。

　　「我說，你年紀都這麼大了，還需要床邊故事？而且現在是白天耶！」不敢相信自己聽到什麼的裴苡湘掙脫開傅靖衍的懷抱，站起身瞪大眼睛看著他。

　　「怎麼想睡覺還得分白天黑夜嗎？我剛剛很忙，現在有點睏。」面對心上人的指責，傅靖衍一臉從容回應，語氣更是非常理所當然。

「那你就睡吧，這裡讓給你。」說完，裴苡湘就要轉身去尋別的位置，誰知道手臂被他一把拉住。

「我想睡，得要妳陪我才睡的好。」手一使勁，傅靖衍讓裴苡湘跌入他懷裡不說，還順道摟著她一同換了個姿勢，兩個人就這樣面對面側躺，而他閉上眼睛看似就真要睡了。

「等等！你要睡就睡，我不想睡啊！」眼前就是他的胸膛讓裴苡湘有點慌張，雙手抵著他胸口想隔開點距離卻不想他摟得很緊，他們兩人之間根本一點縫隙也沒有，想逃也逃不了。

「湘湘，我說過吧，有妳在我身邊我也能好好休息，而且我現在發現可能不只是也能，而是『更能』好好休息。」下顎抵著她頭頂，傅靖衍一手摸著她後腦勺一手緊摟她的腰，說不放手就不放手。

摟著她的感覺很美好，他每摟一次這感覺就更深刻一次，不是說謊是真的，尤其是縈繞在心口那股甜甜的滋味，大概是這世上唯一他愛的甜食吧。

「你這是要賴啊！」裴苡湘真是不敢相信。

「因為我累了。」好友離開已經四個小時前的事了，這四個小時他做了很多事，但他當然不會一一跟她說，但累是真的。

「你！」裴苡湘有點拿他沒輒，從他懷裡抬頭看他與他對上眼那瞬間，她卻頓時放棄了想掙脫的念頭。「睡吧，我把我自己借給你。」

　　傅靖衍看起來真的很疲勞的模樣讓她妥協了。

　　所以說這些掌權者怎麼都不知道該好好休息啊？

　　她爸是這樣，傅靖衍也是這樣，賺錢的同時健康也要兼顧啊！

　　「謝謝妳的大方，我會注意身體健康的。」讀出她眼中的話語，傅靖衍笑了，把她頭往自己胸口一按後便閉上雙眼，不一會兒便沉沉睡去。

　　「這下好了，那我要做什麼？就這樣待著？」感覺到他呼吸漸趨平穩，裴苡湘知道傅靖衍真睡著了，可她一點也不想睡，睜著眼盯著他胸膛看，嘴裡嘟囔著。

　　可半小時過後，環抱著她的溫暖氣息讓她眼皮也逐漸闔上，說不想睡的人眼睛一眨一眨，最後很順利去找周公去了。

　　然而，她睡著了有人卻醒了，看著懷裡她安詳的睡顏卻再也睡不著，一下一下撫著她柔順的髮絲，輕輕嘆了口氣。

　　「湘湘，我知道三個月期限到後妳會怎麼選擇，只要妳心裡為自己的選擇感到有罪惡感就好，那我會很開心的，即便會有寂寞的日子，那也沒關係。」

　　他是真的很喜歡她，但就不知道要等到何時，她的情感才會跟他一樣如此滿溢呢？

十五、挣　扎

　　兩個多月過去了，這天裴苡湘難得提早逃出傅靖衍的魔……呃，不是，是因為她有事且堅持不要傅靖衍陪著，所以辦完了自己的事她就回家了。

　　只是一到家回到自己的臥房，她卻坐在窗邊發呆，陷入了自己的世界。

　　時間快到了，到的不只是她與他約定的時間，也是她遊學生活開啟的時間，但她必須承認自己是頭一次，會為了一件自己早已決定好的事而煩惱不已。

　　「姊，妳今天這麼早回家？未來姊夫竟然沒有脅持妳到晚上，這也太奇異了吧！」

　　恰好從姊姊房門口經過，一見到最近這個時間都不在家今日卻在家的姊姊在，裴苡茵馬上走了進去，笑嘻嘻小小調侃了一下，只是當她說完，卻發現姊姊臉色不是太好看。

　　「怎麼了？妳跟未來姊夫吵架了？」

　　如果是，裴苡茵會覺得非常驚嚇，因為她可是深知傅靖衍是怎麼溺愛她姊姊的，這如果真的是吵架，那就稀奇了。

　　「不是，只是……時間快到了。」裴苡湘有點無精打采，語氣懶洋洋的。

　　「對耶！那……姊妳預備怎麼辦？」一聽到「時間快到了」這五個字，裴苡茵就馬上收起臉上的笑容，窩到姊姊身邊。

「我不知道怎麼跟他說。」將頭靠在妹妹肩上，裴苡湘的語氣添了抹煩惱的味道。

「姊，妳還沒說啊？」裴苡茵當場瞪大雙眼。

「我怕我說了他不讓我去。」任憑裴苡湘怎麼想，都覺得以傅靖衍黏人的程度來看，她要是實話實說肯定走不了。

「姊，妳還是很想去嗎？」其實老實說，裴苡茵認為那遊學其實可去可不去，就看她姊自己怎麼想。

「想，但是……」這種矛盾的心態該怎麼形容？裴苡湘現下還真是說不出來。

這趟遊學之旅她期待很久了，而且遊學計畫完成後她後頭還有其他計畫，今天她去見了之前大學的教授，談的就是遊學後那個計劃的內容，這件事也是在她既定安排裡的，只是原本還未確定細節，今天一談倒是大致底定了。

但也因為如此，她回到家後覺得心亂又慌，尤其是在想起傅靖衍之後。

「但是有點捨不得未來姊夫？」裴苡茵試探性的問道。

「他很好，好的讓我心慌。」這是裴苡湘的真心話。

「那……」怎麼辦？

「茵茵，我會想待在他身邊，但我不想失去自我，失去我為自己安排的人生規劃，我這樣很自私對不對？抓著這頭卻看著那頭，可是人生如果只這樣單純度過，對我而言並不是件好

事，即便我知道很多人很嚮往這樣的日子，覺得有個人疼愛我而我可以一直待在他身邊就好，可我……」從未有過的掙扎浮上心頭讓裴苡湘咬著唇沒再說下去。

「姊，我懂妳的意思，也不能說是自私啦，畢竟遇上一個很 OK 的人談戀愛並不在妳的預料中，我懂妳現在的掙扎，不過我覺得未來姊夫可能沒辦法理解妳，他好喜歡妳，全世界都看的出來，現在要怎麼辦？」裴苡茵不由自主跟著擔憂。

「我是在想，如果我說了，他應該會用盡辦法讓我留下，甚至說不定會讓爸媽開口勸我，但如果我不說到時候要怎麼離開他身邊？」這說與不說，裴苡湘都覺得是個難題。

「要不妳乾脆讓他陪著妳去好了，這樣不就都解決了？」裴苡茵試著提議。

「不行！他的身分不是可以陪我到處走的人，如果我真的讓他這樣，那就真是我的罪過了！」從妹妹肩上離開，裴苡湘一臉正色拒絕。

「喔，也是啦，傅家獨子現在又手掌傅天大權，的確是不可能陪著妳去遊學或是去其他地方。」這行不通。

「就是啊……唉。」裴苡湘忍不住嘆了口氣。

遇上傅靖衍這個人不在她預料中，會跟傅靖衍談戀愛也不在她預料中，現在她會這麼掙扎更是完完全全沒在她預料中，所以人家說的計畫趕不上變化，她現在深刻體驗到是什麼意思

了，但所謂的變化，她並不想接受，只是內心很不舒服，覺得很悶，就像有塊大石頭壓在心頭一樣。

　　只是，現在的裴苡湘並不知道，自己此刻的掙扎全在別人的算計中，還有計畫趕不上變化這件事，過幾天她就會發現就算打死也不想變化，但它就是會變，而且讓人措手不及！

訂個嚐愛期限

十六、錯　愕

　　瞬間凝結的氣氛，讓裴家三個人都僵住了，即便是見過大場面的裴董事長，也是在看到傳靖衍瞬間冷凝的表情後覺得大事不太妙。

　　「老婆，妳怎麼沒阻止湘湘？」裴父看著正在看信的傳靖衍，知曉大女兒做了什麼好事的他忍不住用手肘輕撞了下妻子，壓低嗓音問道。

　　「湘湘她匆匆忙忙留下兩封信就走了，我連她什麼時候偷溜走的都不知道，怎麼攔？」裴母一臉無辜，小小聲喊冤。

　　「那現在怎麼收拾？」裴父頓時覺得頭有點暈。

　　他裴家的女兒，怎麼會惹出這種事？

　　不知道的人會不會以為他大女兒是箇中老手，專門欺騙人家感情然後逃之夭夭，這可不是他裴家人該有的作風啊！

　　雖說他這大女兒自小性格就與眾不同，但再怎麼樣也不能當個愛情騙子吧？這要他臉面往哪兒擱？

　　「先跟靖衍解釋一下吧。」雖然裴母實在也不知道該怎麼解釋，但還是得想法子解釋。

　　「爸、媽，姊她也是不得已的，她信裡不是說了嗎？遊學延後，她先到需要幫助的地方去幫忙了，說是教授十萬火急拜託她的，而且本來她就打算遊學完去世界各國需要幫助的地方當義工，現在就是順序顛倒了而已。」聽到父母壓低嗓音的談話後，裴苡茵也趕忙加入替姐姐說話。

「現在問題不是順序，而是妳姊姊沒有跟靖衍打一聲招呼就走了！」裴母覺得這才是癥結點。

「可是姊不是留信給未來姊夫了嗎？」裴苡茵偷偷指了下傅靖衍手上那封他正在閱讀的信件。

「留信有什麼用？現在是遠古時代嗎？應該見面親自說才對！留信是什麼操作？真是……」裴父是越說越氣。

「那是因為姊知道如果見面說，未來姊夫就不會讓她走了。」這種時候，只有裴苡茵知道姊姊為什麼用這種不太好的辦法。

「我實在不懂妳姊姊在想什麼？靖衍多好，她竟然就這樣拋下他走了？難道她想就這樣單身一輩子嗎？媽媽我可不允許！」這一方，裴母的火氣也上來了。

雖然是自己的女兒，但她實在覺得對傅靖衍很抱歉，而且說實話不止她已將傅靖衍視為未來女婿，連她丈夫也是，所以她說話的音量不自覺就加大了，而這樣的後果，就是引來傅靖衍抬頭，一臉冷然看著他們三人。

「咳，靖衍，湘湘這孩子是我管教無方，我會讓人馬上把她帶回來，你別擔心。」再怎麼樣，裴父也覺得得先把人抓回來再談其他。

「對對對！先把湘湘找回來，然後我看……」裴母忙著幫腔，說到一半卻突然轉頭看著丈夫，兩人眼神交會後，她才轉回頭繼續說。

「等她回來你們就直接結婚！」

就這樣，沒的商量了，就算她女兒回來苦苦哀求還不想嫁也不成！

況且，她這個當媽的雖然沒有太涉入女兒的戀愛過程，但在她看來，她大女兒跟傅靖衍除了外型般配、家世般配外，個性似乎也挺契合的，還有傅靖衍對她大女兒一往情深這件事她是百分百肯定的，所以安排婚事準沒錯！

「媽！」裴苡茵當場嚇傻。

「我也覺得這樣好，就分兩頭進行吧，我先派人把湘湘找回來，然後我親自跟你父親聯絡商談婚事。」裴父假裝沒聽到小女兒的驚呼，對著傅靖衍就說。

「爸！」裴苡茵一張小嘴完全合不攏了。

這下好了，全亂套了！

「伯父、伯母，不需要把湘湘找回來。」眼神掃過裴家三人之後，傅靖衍淡淡回道，眼底雖無笑意但倒是沒剛剛那般冷冽。

「靖衍，這件事是湘湘對不起你，總得讓她回來親自跟你說明才對。」裴父認為這才算是個交代。

「不需要這樣，我跟她的事我會處理，若是往後我需要你們幫忙，我會開口。」心情稍稍平復了，雖然心底還是有著淡淡的不悅，但裴苡湘會離開這件事傅靖衍本就心裡有數，現下就是提早了些，其實也沒什麼。

對，沒什麼，她沒有要跟他分手，信中連一個分字都沒提到，只有滿頻的對不起還有解釋自己為什麼就這樣留封信就離開的原因，這就可以了。

這是他預料中的「新開始」，有了這個新開始，再來要上演的就該是由他主導的「過程」了。

「姊夫，如果說……我是說如果你同意讓姊姊去做想做的事，我覺得她應該不會介意先跟你訂婚甚至連結婚應該也可以談一談的，她只是……」裴苡茵怎麼也不想姊姊被當成沒心肝的人，說什麼也得出面幫忙說一下話，誰知道還沒說完就見傅靖衍手一抬。

「想要去做自己想做的事，而她想做的事很多，想去當義工、想遊學、想學很多東西、想去世界各地增廣見聞、想當個自由的靈魂。」傅靖衍制止，是因為他很清楚裴苡湘在想什麼。

「姊夫你怎麼都知道啊？」裴苡茵相當驚訝，而她身邊的父母也一樣。

「一半是靠著一些外來訊息得來的，一半是這陣子的相處我感覺到的。」傅靖衍看著那三雙瞪大的眸子回道。

「喔，姊姊是這樣沒錯，那……」裴苡茵實在很想知道傅靖衍接下來會怎麼做。

「接下來是我跟她的事，就請伯父、伯母還有茵茵妳都不要過問，如果湘湘有聯絡家裡，那就告訴她，我不是很開心，這樣就可以了，其他不必多說。」說完，傅靖衍拿著信起身狀似打過招呼就要離開。

「等等，靖衍，我們只要說你不太開心就好嗎？這樣夠嗎？」裴母總覺得好像還少了點什麼。

「對，這樣就好，不用給她太多壓力。」微微一笑，點頭致意之後傅靖衍便離開了。

只是等他離開後，裴家三人卻是你看我我看妳，眼中皆是疑問。

「爸、媽，你們不覺得哪裡怪怪的嗎？」裴苡茵率先發問。

到底是傅靖衍是修養太好沒大發雷霆還是已經有心理準備沒有大發雷霆這兩個選項裴苡茵無法確定。

「是怪怪的。」裴母認同。

「我猜靖衍恐怕是早就知道湘湘會離開。」裴父算是看出了點什麼。

如果不是早知道了，應該不會如此冷靜，畢竟雖然他老人家都這把年紀了有些話不好說覺得害臊，但是傅靖衍有多喜歡他大女兒，他是看在眼裡一點也不懷疑的。

「爸，那姊夫不讓我們把姊姊找回來的意思是？」裴苡茵依然一頭霧水。

「他應該是心裡有什麼盤算吧。」裴父越想越有可能。

「這樣啊……」裴苡茵還是不太懂，不過正想著要不要告訴姊姊。

「茵茵，妳可不要多話，靖衍對妳姊姊有多好有多疼妳也是知道的，媽媽不准妳去通風報信，這次是妳姊姊對不起人家，我們這次幫理不幫親，沒得商量，知道嗎？」裴母一臉嚴肅朝小女兒交代。

「是……」兩道強烈的眼神朝自己射來，讓裴苡茵不得不屈服，只能乖乖點頭。

抱歉了，不是她不幫忙，而是身不由己，所以只能請她姊姊自求多福囉！

訂個嚐愛期限

十七八重　逢

　　自留了封信給家裡跟傅靖衍就離開到偏遠地區跟著國際救助單位四處跑已過了兩個月，雖然一切都不是很方便又忙碌，但裴苡湘覺得日子過得很充實。

　　期間她自然是跟家裡聯絡過的，也很自然是被父母罵得狗血淋頭，但她自知理虧，當然是大氣也不敢吭一聲，至於傅靖衍那邊，說實話她忽然發現自己是個俗仔，都兩個月了還沒勇氣跟他聯絡，因為她不知道怎麼去面對他的不開心。

　　如果說裴苡湘覺得對傅靖衍沒有一絲愧疚是假的，說沒有想念他也是假的，但她躊躇猶豫了很久，依然鼓不起勇氣跟他聯絡。

　　誰知道人算不如天算，傅靖衍今日直接出現，在跟其他人打過招呼之後，就把她擄走抱上車，然後就命司機一路駛向市區他下榻的飯店。

　　「那個……我現在是義工，不可以隨便離開，會影響到大家。」

　　在車上，裴苡湘偷偷轉頭看了眼上車之後就不說話的傅靖衍，想著自己還是該說點什麼才對。

　　結果，傅靖衍還是沒理她，一雙冷冷的眸子就只看著窗外，半聲也沒吭。

「靖衍，我知道你很生氣，可是……能不能不要……！」裴苡湘試圖想在死胡同中找條路走，誰知道話沒機會說完嘴巴就被搗住了。

這下好了，完了，她肯定會被直接帶回去的！

「陪我到明天中午，我就放妳回去。」傅靖衍看了她許久，終於是開口了。

「啊？」裴苡湘當場愣住。

他沒有要抓她回去？

她還以為車會直接駛向機場的！

「妳連這樣都不願意？」他問，但表情是不容許她拒絕的冷峻。

「沒有！我可以！可以的！」本來明日上午就是排定的休息時間，對傅靖衍感到愧疚的裴苡湘自然是點頭如搗蒜。

況且，傅靖衍開出如此簡單的交換條件，她不答應才是傻子呢！

不過，事情真這麼簡單嗎？

他這麼生氣，卻只開出這麼簡單的交換條件，照理說他氣成這樣，平時臉上慣有的微笑消失，看她的眼神也失去了以往的溫柔，卻沒有把她直接打包帶回家的打算？

　　這一刻，裴苡湘忽然有點迷惑，忍不住一直看著傅靖衍的側臉，身子不自覺越靠越近，結果下一秒就被他摟進懷裡。

　　「想我嗎？」他看著懷中的她問。

　　「……想呀。」這種時候還是實話實說的好。

　　「是現在看到我才想的？」他又問。

　　「不是，是……之前就有想了。」她老老實實的，一點也不敢造次。

　　「那既然之前就想了，為什麼連通電話也不打給我？」眼底開始有了一點點溫度，但傅靖衍卻沒放鬆追問。

　　「就是……就是不知道怎麼親口跟你說，就一直耽擱到現在，對不起。」像個做錯事的孩子，裴苡湘越說越小聲。

　　不是不想打電話，是打了肯定不知道該怎麼說，畢竟內心那麼愧疚那麼抱歉，她很肯定自己就算打了電話也一句話都說不出來。

　　「我是生氣，氣妳像個原始人留封信給我就走，但我更氣妳居然不跟我說妳的計畫，我們交往的時間雖然不長，可我對妳如何妳感覺不到嗎？」又是逼問，傅靖衍摟著她的手勁也加重了。

　　「我就是知道你很喜歡我，所以我更不敢說了，我怕……」這樣的話，能說完嗎？裴苡湘不是很確定。

「妳認為我會不讓妳走，妳是這樣看待這件事的對吧？所以才會用那種過時的方法逃走。」說真的方法真爛，這一點有讓他失望。

「對不起……真的對不起。」裴苡湘滿懷歉意連頭都不敢抬，然後就聽到他嘆了口氣，抱她的手勁也稍稍放鬆了些。

「湘湘，如果我是妳想的那種人，我就不會過了兩個月才來找妳。」這兩個月，他並不好過，但這時候給她太多壓力對他而言不是必須的，不過釋放一點點是必要的。

「所以，你很早就知道我在這裡了？」這也不是不可能，畢竟不提她家就說傅家，要查她在哪裡並不難，只是要不要而已。

「嗯，收到信的隔天就查到了，我總得知道妳是否安全。」就說了，不是查不到，也不用勞動裴家，就是他傅大少爺要不要查而已。

「那……本來你是氣到想跟我分手，只是過了兩個月又發現自己還是挺喜歡我的，所以就來了，可是看到我之後那股氣又冒上來，所以直接把我擄走嗎？」很明顯的，裴苡湘開始自己編故事了。

「我不會跟妳分手，從我們交往開始，我就從未動過這種念頭，會現在才來找妳，一來是因為我知道妳想做什麼就想讓妳先去做就想不干擾妳，二來是我近日確實有些忙，三來

是……」刻意不說完，傅靖衍毫不意外自己會迎上她疑惑的眼眸。

「是什麼？」突然覺得應該來把她大卸八塊嗎？

「我太想妳了，想到我無法忍耐所以來了。」說真的，已經是極限了，這是實話，傅靖衍沒有說謊。

「所以說，習慣是很可怕的！」聽完，裴苡湘沒有像一般人感動的抱緊他，反而有點激動說了這一句。

「聽來，妳也深受其害？」她的思考邏輯，傅靖衍是懂的，而且他臉上出現了笑意。

「是啊……」被讀懂也不是第一天的事了，裴苡湘倒是不意外，但表情有點懊惱，而她也知道傅靖衍笑了是因為她的話取悅了他。

而他的笑也讓裴苡湘緊繃的精神放鬆了，靠在他懷裡不想動了。

她喜歡這個男人，這她無法否認，偶爾被綁住她可以接受，不過……

之後呢？她該拿自己怎麼辦？她體內那抹渴望自由的靈魂，是該選擇放棄渴望還是繼續追求呢？

十八、意外的答案

　　清晨，在第一道陽光透進房內時裴苡湘就醒了，一睜眼就是傅靖衍微敞的衣領之下，隱若的優美頸項線條，還有從他身上傳過來的溫暖氣息，說真的讓她有點捨不得就這樣起床。

　　回想起昨晚，他聽了她這兩個月來做了什麼，她也聽了他這兩個月來做了什麼，然後兩個人窩著一起看影片，接著她睏了，他就把她抱上床，接著摟著她就一起睡了，睡前還不忘吻了下她額頭。

　　嗯，蓋棉被純聊天是什麼意思，她現在算是知道了，他一直很紳士，雖然偶爾會偷香，但也都發乎情止於禮，這一點她很喜歡，但也就是因為她是喜歡他的，所以之前的掙扎讓她很難受，而此刻她看著傅靖衍，就想著等會兒他醒了之後，場面會變得如何。

　　「中午過後就會讓妳回去，不用擔心。」

　　很明顯，在她的注視下，傅靖衍醒了，而且用著稍微慵懶的嗓音應對她此刻身上散發出來的矛盾。

　　他希望她矛盾，但不希望她為此太過困擾，給她答案是讓她安心。

　　「我還以為你只是說說而已。」裴苡湘是真的有點訝異。

　　「我若不放妳走，妳會跟我回去嗎？」傅靖衍看著她問。

　　「……可能會，可能不會。」頓了下，裴苡湘給了個模擬兩可卻是真實表達她內心的答案。

「這就夠了。」別人肯定不會滿意的答案，但傅靖衍卻很滿意，摸摸她臉蛋後便翻身下床走進浴室。

但他一派瀟灑裴苡湘卻糊塗了，摸著被他摸過的臉蛋，完全搞不清楚他在想什麼。

特地飛過來，就只為了跟她相處這不到一天的時間？

她給了如此模擬兩可的答案，他卻欣然接受還說這樣就夠了？

前者可以看出他真的很想她，後者又讓人覺得他好像也沒那麼在乎她，那他到底是什麼心思？

裴苡湘偏頭想著，可偏偏質疑他真心這個部分，她是完全持否定態度，他喜歡她，甚至說非常喜歡她幾乎可以百分之百確定，也就因此如此，她瞬間覺得自己陷入了迷霧之中。

「在想什麼想的都出神了？」

裴苡湘還在思考，但傅靖衍已經從浴室走出來，看著她迷惑的表情，內心雖有底，但不打算說破，只是隨口問了句。

「沒事。」裴苡湘沒有說，只是朝他笑了笑。

「那收拾一下吧，送妳回去之後我也要離開這個國度了。」

分離的時刻到了，如此短暫的相聚時間傅靖衍自然是捨不得的，不過他也知道這是必須習慣的事。

認了，他早就認了，因為他認定她，所以只能認了。

訂個嚐愛期限

十九、數次的相聚又分離

　　計畫好的拉緊又放開，傅靖衍真的進行的很徹底，但他沒料到的是自己越來越忙，而她的所在地卻離得越來越遠。

　　果然是計畫趕不上變化，但沒關係，他的心意沒變，而她慢慢在動搖，這對他而言很可以了。

　　只是雖然這條路是他自己選的，但是寂寞感卻是揮之不去，每回要跟她分離時，她明明就還在眼前，他卻已經開始覺得寂寞，這條路到哪裡才是盡頭，他還沒有答案，但沒有放棄的打算。

　　快三年了，除了剛交往那半年，他跟她見面的次數並不多，有時候幾個月才見一面，時間最多也就幾天。

　　「靖衍，你不累啊？說實話你不累我看著都累。」吳彥皓是一直關注著傅靖衍與裴苡湘這段戀情的人之一，而今日他來到傅天集團串門子，話題一開就是同情的語氣。

　　「我想我還不到需要被同情的地步。」傅靖衍當場有點啼笑皆非。

　　他談戀愛的情況是跟大部分人都不同，但應該還不需要被同情吧？

　　他的情況看上去有這麼可憐嗎？

　　「不是，我只覺得小湘湘她好像把她的良心放在家裡沒帶出去？」吳彥皓不得不開這樣的玩笑，雖然他是認真的。

　　「彥皓。」傅靖衍淡淡瞥了好友一眼。

「好好好，我不說她壞話，只是我覺得你真的要繼續這樣下去？都快三年了，你確定？」吳彥皓看來試圖想說服什麼。

「確定。」當事者顯然拒絕被說服。

「好吧，我對你這個執著實在沒轍，算了。」舉雙手投降就是吳彥皓現在最好的選擇。

「最美的愛情是執著這句話沒聽過嗎？」傅靖衍見到好友那生無可戀的表情後微笑回了這麼一句。

「不好意思，我覺得如果真有這句話，那也只適用在你跟小湘湘身上，他人不好輕易模仿。」吳彥皓拒絕被這樣的話語洗腦。

「那就當我專用吧。」傅靖衍欣然接受，然後闔上手上的文件，接著將桌面整理好，然後拋下好友走入休息室。

幾分鐘後，他拖著一個行李箱走了出來。

「她還在英國嗎？」看到這陣仗，吳彥皓就知道傅靖衍要做什麼了。

「不，現在在德國。」給了答案，傅靖衍拖著行李箱就要離開，離開前還不忘拍拍好友的肩膀。

「一路順風。」吳彥皓的語氣很無力。

「謝了。」傅靖衍倒是心情很好，笑了笑就離開了。

而被留下的吳彥皓則是搖搖頭，心中只是想著……

怎麼覺得要喝杯喜酒，好像非常困難呢？

二十、小惡魔出現

　　三步併作兩步，裴苡湘撲進了傅靖衍的懷裡，她的開心全寫在臉上，自然也感染了傅靖衍，讓他忍不住低頭偷了個吻。

　　可能全世界都覺得他在做一件傻事，可是他必須說看到裴苡湘見到他的表情，他會覺得一切都很值得。

　　曾幾何時那個性格不慍不火的女孩已經蛻變成他現在面前這個樣子，這讓他知道他的付出沒有白費，經營了這麼久，他覺得收穫還不錯，而當然最終目的還沒有達成，還得繼續努力。

　　只是看眼前這個情況，拉緊又放開這個方法似乎已經到了一個臨界點，下一步該怎麼做，傅靖衍早已有了打算。

　　「你這次只能待兩天嗎？」不知道傅靖衍心裡那個算盤已經換了個新的，裴苡湘抬頭好奇的問。

　　「嗯，之後要直接飛美國，再來會一路忙到年底，可能……」傅靖衍故意不把話說完。

　　「我懂了。」裴苡湘笑了笑，但眼底難掩失望。

　　「走吧，不是說又學會了幾道菜，說要親手做給我吃嗎？」她的失望傅靖衍不是沒看見，但他選擇忽略。

　　她失望當然讓他心疼，但依目前的狀況來說，現在這個醞釀是必須的，所以之後他盡量不把話題帶到這個部分，兩個人愉快的相處了兩天。

　　不過，既然有了進行下一步的打算，傅靖衍自然是有備而來，所以當第三天一早他因為要離開而與要送他的裴苡湘來到機場時，他神祕一笑，摟著她指了指不遠處，然後就見到她瞪大眼，一臉不敢相信。

　　「姊！姊夫！」

　　來者正是裴苡茵是也，她一臉興奮奔過來，直接抱住姊姊。

　　「茵茵，妳怎麼來了？」裴苡湘有點意外，但很開心。

　　「因為姊夫說妳難得可以休好幾天假，但是他卻只能待兩天，所以要我來陪妳啊！」裴苡茵說完，還不忘偷偷朝傅靖衍眨眨眼睛。

　　「原來是這樣。」點點頭，裴苡湘臉上的表情卻有點複雜。

　　「時間差不多了，那我先走了。」傅靖衍看著眼前這對姊妹花笑了笑，然後摸摸裴苡湘的臉，然後就走向不遠處已等了有好一會兒的特助那方。

　　「姊，妳一臉捨不得。」裴苡茵看著姊姊的側臉，忍不住如此說道。

　　「他花了快三年讓我變成這樣，我在想，我是不是該做點什麼了？」捨不得是真的，不過裴苡湘心中的小惡魔已經甦醒也是真的。

　　「啊？姊，原來妳知道喔？」裴苡茵差點沒嚇死。

「他讓妳來是有任務的對吧？」裴苡湘一臉很肯定看著妹妹。

「呃……也不算啦，就是來探探妳現在真正的想法是什麼，姊夫說同一個法子用久了也會失效，他讓我探探，然後順便發揮一下妹妹的功用，推波助瀾一下這樣。」裴苡茵這下可不敢再瞞了，馬上全盤托出。

「跟我猜的差不多，不過……」話沒說完，裴苡湘卻彈了下妹妹的鼻頭。

「唉唷！姊，我不是胳臂向外彎，是爸跟媽都說妳對姊夫太殘忍，所以要幫他才對，我是聽話的小孩，我是無辜的！」夾在中間最難為，裴苡茵覺得自己非常無辜。

「太殘忍啊……這麼說來倒是，從來都是他來找我，都是他在配合我，我這麼任性他還是沒有放棄，之前我有時候會想，他到底為什麼會這樣，但後來我慢慢懂了。」裴苡湘像是有感而發，語氣有些嘆息的味道。

「是為什麼？」裴苡茵一臉好奇。

「因為愛啊。」裴苡湘笑了，拉起妹妹的手打算離開機場。

「那姊妳現在是什麼打算？」黏在姊姊身邊，裴苡茵更好奇了。

「幹嘛？想當雙面間諜啊？」裴苡湘賣著關子不肯說。

「沒有！既然現在這樣了，我當然站在妳這邊啊！」裴苡茵就只差沒舉手立誓了。

「那好，這兩天姊姊帶妳出去玩，然後我們就回家吧。」踏出機場的那一刻，裴苡湘終於說出了自己的打算。

「蛤？」裴苡茵還以為自己聽錯了。

「我覺得他需要驚喜。」小惡魔的詭笑出現在裴苡湘臉上。

「姊，妳現在看起來有點小壞壞。」裴苡茵敢發誓自己沒看過姊姊這模樣。

「呵呵。」挑了下眉，裴苡湘還不忘朝妹妹眨眨眼。

讓傅靖衍追了她這麼久，是該結束了，雖然他們一直在談戀愛，但情況並不正常，她想，他的情，她該還他了，若是必須犧牲什麼，她也認了，畢竟她也是愛他的呀！

訂個嚐愛期限

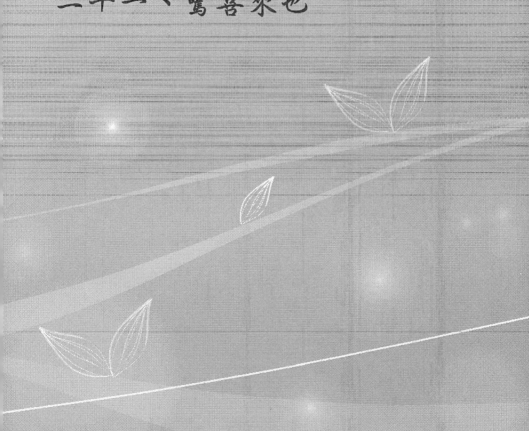

二十一、驚喜來也

他的休息室裡有人！

這天傅靖衍一上班就發現不太對勁，明明應該空無一人的地方，他卻感覺到人的氣息，而這也就算了，他竟然覺得這股氣息有點熟悉。

猛地睜大眼，明明覺得不可能但傅靖衍還是火速把休息室的門打開，然後……

「我記得你之前都八點半就到公司的。」一臉愜意坐在沙發上，裴苡湘開口抱怨著。

「湘湘？」傅靖衍是真的傻眼了。

為什麼她會在這裡？

他沒有收到任何消息說她回來了，但她確實出現在他面前，這是怎麼回事？

「我回來囉！」站起身，裴苡湘走上前，看著變成呆頭鵝的他，覺得有點好笑。

這麼難得的風光，她真想讓別人也看看，畢竟要看傅靖衍傻眼可是一件不簡單的任務，但這個殊榮專屬於她，她又不想跟別人分享，實在有點矛盾。

「歡迎回來，我的湘湘。」傅靖衍畢竟還是傅靖衍，呆頭鵝也就當了幾秒馬上就恢復正常，帶著微笑把眼前一臉壞笑的裴苡湘用力摟入懷中。

他竟然等到了！

他還以為要再一段時日，可能還需要一兩年，但是他居然等到了！

如此讓人振奮的情況讓傅靖衍忍不住抱起裴苡湘轉圈圈。

「你以為我不知道你使的什麼計謀嗎？」好不容易雙腳終於碰到地後，裴苡湘馬上仰臉說道。

「什麼時候察覺的？」傅靖衍說意外其實也不算，因為他知道她一向聰明。

被發現也無所謂，目的達成就好。

「這不重要，重要的是你竟然真的願意做，如果我一直都沒有改變的想法，你真打算這樣繼續下去嗎？」雖然這樣問，但裴苡湘卻已經知道答案了。

「嗯，到妳願意回來待在我身邊為止。」這就是兩人都不會意外的答案。

「笨蛋！」她輕罵，還瞪了傅靖衍一眼，但眼眶有點紅。

「別掉眼淚，要掉也該是我掉。」捧起裴苡湘的臉，傅靖衍跟她開著玩笑。

「這種事有什麼好計較的啦！」她當場破涕為笑，忍不住白了傅靖衍一眼。

「是是是，我不計較，妳回來對我來說是天底下最美好的事了。」這絕對是肺腑之言。

「你這個人真的是……」她投降，全面投降，打算就這樣投入他懷中不走了。

「早餐吃了嗎？妳多早來的？怎麼進來的？」傅靖衍抱著她，一點也不在意她略帶小抱怨的語氣，一連串的疑問隨即出口。

「沒有，大概八點來的，是警衛讓我先上來的。」他問她就回答囉。

「看來我公司的警衛非常了解我的心意，值得嘉獎。」傅靖衍非常滿意。

「你可以表情不要那麼得意嗎？」倒不是礙眼，是很耀眼。

「恕難從命。」三個字：做不到！

「算了算了，我決定吃早餐去。」裴苡湘決定先去填飽肚子再說。

「想吃什麼？」這種時候就算公事堆在桌上，傅靖衍也不可能理會。

「回來當然是吃最道地的東西，故鄉的東西永遠最好吃你懂吧？」所謂的家鄉味，令人想念回味。

「那走吧。」除了悉聽尊便，傅靖衍不會有其他答案。

　　她回來了，沒有其他事比這件事更讓他開心了，至於下一步，自然就是⋯⋯

　　求婚囉！

訂個嚐愛期限

二十二、求婚這一刻

　　求婚該怎麼求，這件事不難，畢竟有很多視頻、資料、模式可以參考，所以傅靖衍一點都不擔心，而且其實他覺得以他的個性跟裴苡湘的習性來看，弄得太盛大太驚喜太浮誇都不符合他們的作風，尤其是他心愛的女人很樸實不愛浮誇，所以他並不認為那些被吳彥皓丟來的參考方法適合他跟裴苡湘求婚。

　　但礙於這是哥兒們的好意，他還是都一一看過，然後帶著微笑全部否決。

　　要跟裴苡湘求婚，不用搞得太複雜，傅靖衍是這麼打算的。

　　帶她出去，就像他們之前約會那樣，找個時機點單膝下跪掏出戒指跟她說「請妳嫁給我」就好，這樣簡單直接才符合他們兩個人，而且他相信比起其他方式，裴苡湘會最滿意他這樣的選擇，畢竟他們兩人已經有結婚的共識，就只差一個求婚的程序而已。

　　傅靖衍當然是重視這個程序的，但很肯定要撇除太過驚喜或浮誇的過程，簡單是最好的，他是這樣認為。

　　不過呢，他們兩人之間有句話一直很適用，那就是計畫趕不上變化，所以這飯才吃了一半，裴苡湘就邊看著他，邊遞上一個小盒子，一臉認真開口了，讓他當場有點愣了。

　　「湘湘，這……」她主動說要結婚而且戒指還是她原本在國外就買好了，這當然很好，或者說是太好了，但是傅靖衍總覺得哪裡怪怪的。

是他這方面太八股嗎？

在這個世道好像男性求婚或者女性求婚都可以被接受對吧？

但是雖然這樣想，他還是依然有點反應不過來。

「由我來求婚不好嗎？」裴苡湘可是很認真的。

「沒有不好，只是我本來打算由我來。」就是步調被打亂的感覺。

「所以你是打算今晚求婚嗎？」裴苡湘隱隱聽出了這個重點。

「對，晚一點的時候。」他原本是這樣打算的，至於是什麼時候，他就是想著看時機這樣。

「可是，我覺得我們之間應該我主動跟你求婚。」她看著他，沒有退讓當作剛剛的事情沒發生過的意思。

「我懂了。」看見她眼底那抹堅決，傅靖衍內心慢慢泛開一陣愉悅。

他瞬間懂了她的想法，她的內心還是覺得對他有點虧欠，所以才會想這樣做，但她不會知道，其實雖然他不打算在求婚時給她驚喜，但是打算在結婚當天給她一個大大的驚喜，而且保證她一定會很喜歡。

雖然他倆都不愛這味兒，但他認為婚禮當天那個驚喜是必須的，但他沒料到裴苡湘會在今天先給他這個驚喜。

131

「那我買的戒指就當我們的訂婚戒指，你買的戒指就當我們的結婚戒指，這樣好吧？」兩全其美都沒浪費。

「好。」他同意，看著她開心打開盒子，然後眉一挑要他把手伸出來。

結果當然是他伸了手，然後一臉寵溺看著她把戒指套上他手指，然後又看著她把另一個戒指遞給他，接著伸出自己的手。

「請多指教，未婚夫。」她笑。

「彼此彼此，未婚妻。」他也笑。

就這樣兩人笑了笑，然後也沒管周遭怎麼樣，在求婚插曲過後又進入吃飯模式，畢竟在這種事情上，既然裴苡湘都主動出擊了，那麼要看到她像少女一樣捧著臉頰尖叫說我願意是不可能的。

她不是那種女孩，她就是她，就是這樣的她才會讓傅靖衍魂牽夢縈。

結果，很短暫的求婚過程結束，飯也吃完了，兩人都沒有繼續在外頭溜達的打算，所以就回了傅家，一起窩在他們都很喜歡的那個位置，也就是傅靖衍書房那個特意布置過的角落。

「湘湘，妳在國外就想好要跟我求婚了？我以為妳忙的沒時間想這件事。」他不是在調侃她，只是把疑問問出口而已。

「對啊，不過說忙我哪有你忙？你都有時間想了我怎麼會沒有？」裴苡湘馬上抗議。

「我必須說這件事我還真是沒料到。」傅靖衍是挺意外的。

「我總不能什麼都被你猜到吧？你已經夠了解我了，比我爸媽還了解，這已經很扯了好嗎？」裴苡湘一直覺得這件事夠神奇。

「是嗎？但很多時候我覺得我的了解真的只是湊巧，就是恰好我的判斷正好為妳所想。」這真是事實。

「好啦好啦，我承認你就是我的靈魂伴侶，這樣可以了吧？」雖然比較早認栽的是他，但她後來也認了，現在更不會去否認。

「當然可以，我非常滿意這個用詞，這種形容對我來說相當動聽。」可說是極度悅耳。

「您滿意就好。」裴苡湘笑著搖頭，卻也覺得眼皮有點重。

他的懷抱一向溫暖，習慣了之後她很多時候都會在他的擁抱中感到舒適而昏昏欲睡，現下恰好夜也深了，不睏也難。

「睏就睡吧。」傅靖衍輕輕在她髮上吻了下。

然後就見到裴苡湘頭點了點，不一會兒就睡著了，唇邊還帶著微笑。

然而傅靖衍並不睏，抱著心愛的女人他心情很好，尤其是今天他們倆的身分轉換，從情侶變成未婚夫妻，這讓他更捨不得這麼早睡下了。

抱著裴苡湘他內心只有一個想法，那就是……

這一生能遇見她，真好。

二十三、愛她，所以他願意

傅、裴兩家辦喜事，場面自然浩大隆重。

畢竟兩家在商界都是有頭有臉的大人物，繁文縟節一樣也沒少不說，婚宴部分來與會的政商名流更是川流不息，簡直忙壞了招待處的十幾個招待人員。

不過當然，裴苡湘是不喜歡這樣的，但此事她沒有主控權，其實別說她，連傅靖衍都插不上嘴，畢竟兩家這一代都是第一次辦喜事，長輩們怎麼可能由他們小倆口自己決定所有事？

不過，累就累吧，反正一生就累這麼一次，裴苡湘雖不喜歡但勉強接受，不去忤逆父母跟傅家長輩的意思，但說實話一整天下來真的很累，她真的覺得自己有種被掏空的感覺。

不過幸好，挨著挨著終於婚宴進行到一半了，她只要再去換件禮服出來，跟長輩們還有傅靖衍一起上台，讓長輩們跟賓客說說話，然後再忍一下就可以結束了，她想她還行，畢竟身邊有傅靖衍陪著她嘛。

結果，什麼還行？

傅靖衍在長輩們都說完話突然拉著她走到舞台中央，接著就丟了一句話出來，讓她當場就快不行了！

「我都下定決心了你幹嘛要這樣啦！」她開始掉眼淚，顧不得長輩們賓客們都在看，哽咽著朝他抗議。

「因為我希望妳快樂。」傅靖衍臉上帶著微笑，伸出手抹去她臉上的淚水。

「笨蛋！」她罵著，然後投入傅靖衍的懷中。

都到這種時候了，她真的沒想到他居然會在這個場合對她說「婚後妳還是可以去做妳想做的事，就算暫時離開我身邊也沒關係」。

這個男人到底怎麼回事？

她都決定要一直留在他身邊不走了，他怎麼反而把她往外推？

她不在他身邊，他不是會覺得寂寞嗎？

居然還說希望她快樂，待在他身邊她已經很快樂了啊！

「我希望妳更快樂。」他俯下頭，像是跟她有心電感應般，在她耳邊回復了她的問題。

「你這個人真的是……」眼淚完全控制不了，裴苡湘把臉埋在他胸口就開始狂哭。

結果，因為這突發事件，傅靖衍也只好先把她帶離會場，不然妝都哭花了實在不太好。

然而到了飯店的新娘休息室，裴苡湘眼淚還是沒停，傅靖衍也只好一直抱著她安撫，拿紙替她擦眼淚，過了好一會兒之後，她的情緒才終於比較平復。

她敢發誓，除了嬰孩時期，今天大概是她這輩子哭得最慘的一次。

「好多了嗎？」傅靖衍知道她會很感動，但不知道她反應會如此之大。

「都怪你啦！」她捶著他胸口。

「好，都怪我，但我是說真的，妳還是可以去做妳想做的事，想繼續去外國進修還是去當義工或是任何事都可以，我都支持妳。」他這個決定不是開玩笑，縱使他知道或許兩人之後或多或少又會分離又相聚，相聚又分離。

「我到底為什麼會遇上你啊？」裴苡湘實在是不知道該說什麼好。

所以說遇上對的人就是這樣吧？

她現在非常能理解這句話的意思，雖然她之前已經說出認定他是她靈魂伴侶這種話，但今天這個場面更讓她確信她是遇上百分之一萬正確的另一半了。

「這是……抱怨的意思嗎？」傅靖衍不太喜歡這句話。

「不是！是意外、驚訝外加驚嚇的意思！」她是真的非常意外。

他之前耍的計謀，那套拉緊又放開的法子，為的不就是讓她願意留在他身邊嗎？

現在又來這招是哪招？

「妳有這麼訝異？其實我之前會那樣做只是為了讓自己在妳心中更有地位，現在我確認我的地位幾乎無人能及了，那麼不管任何情況我都不會擔心了，但是……」他故意賣了關子。

「但是什麼？」她一臉狐疑看著他。

「但是我對妳執行的模式不會變，妳如果不在我身邊，我還是會去找妳，不會乖乖在原地等妳回來。」想她就去找她，他一直都是這樣做的，往後自然也不會改變。

「不要！」她搖頭。

「為什麼？我不能像之前那樣去找妳嗎？」傅靖衍沒想到她會搖頭。

「一人一次才公平，沒道理都是你來找我，我也要回來找你。」她覺得這樣更好。

「但是，這樣妳會累，不如我三妳一？」傅靖衍可不能容許自己讓她累到。

「一人一次，不得上訴，就此定案。」她堅持，情緒慢慢平復下來後也有了打算。

「好吧。」她堅持，他就只能屈服。

「還有，雖然我現在還沒有確定之後要做什麼，會不會暫時離開你身邊，但是在決定任何事之前，我會以你為優先考慮，如果可以，我不會離你太遠。」這就是她剛剛快速思考後的打算。

「……好。」傅靖衍愣了下，然後笑了。

「娶到我很麻煩對吧？」裴苡湘忽然覺得自己這種個性對他而言好像挺累人的。

「一點也不，我就愛妳的與眾不同。」麻煩？當然不，他愛死了。

「所以你也是與眾不同的，我們是絕配，你心裡是這樣想的吧？」裴苡湘敢發誓。

「可不是嗎？」傅靖衍完全沒否認的打算。

然後，兩人相視而笑，接著傅靖衍牽起裴苡湘的手，想著耽誤了這麼久，他們也該回會場了。

這是他們成為夫妻的第一天，也是他們這輩子一同牽手前進的第一天，而在今日過後，不管往後是什麼情況，他們的心會一直繫在一起，永遠不會分開。

二十四、後來他們

幾年過去了，孩子也生了，但傅靖衍寵妻的程度卻是有增無減，所以裴苡湘成為一個讓女性們都非常忌妒的人物，但她從來就不會去注意那種事，倒是傅靖衍如果被問到這類問題，都只會有一個回答，那就是……

我只是用我的方式在愛她而已。

這段從頭到尾看起來在感情上都不太平衡的戀情，但實際卻是一段兩人都覺得舒服的愛情。

所以，他們很相愛，就算別人都覺得好像傅靖衍愛比較多，但感情是兩個人的事，誰愛誰比較多得由他們自己說了算，旁人哪有資格置啄呢？

誰說什麼都不作數，幸福在他們心中流轉著，這甜蜜的氛圍是專屬於他們的快樂，畢竟誰會知道當年一個無心的邂逅，會成就今日的局面呢？

當然，當初他追她追得辛苦這一點傅靖衍承認，不過人家說辛苦過後嚐到的果實更加甜美，他對此名言完全不否認，因為他真心喜歡的女人也愛上了他，並選擇留在他身邊了不是嗎？

現在的裴苡湘因為孩子還小，也就沒有往外跑了，這樣的情況對傅靖衍來說當然很好，但是倘若她哪天有了別的想法，他也是會像之前一樣支持她的。

他愛她，是愛她的全部，不是只愛她在他身邊時的模樣，所以他很樂意做她最可靠堅實的後盾，只要她又想飛了，他就會無條件支持她。

「我總覺得……」

這天，夜有點深了，孩子睡下了，但一對大人還沒，各自拿著一杯熱茶坐在書房那他們都喜歡的一角，然後就聽到裴苡湘先開口，但卻沒有把話說完。

「什麼？」傅靖衍還是老樣子沒變，看妻子的眼神幾年如一日的溫柔。

「好像很多人都很羨慕我嫁對老公？」其實這種話絕非一朝一夕出現，而是傳言已久，只是裴苡湘到現在才有點興致注意這種事。

「所以？」傅靖衍對這個話題並沒有太大的反應，但他好奇她接下來會說什麼。

「可能是吧。」一雙大眼轉了轉，裴苡湘以一種不甚確定的語氣回應。

「敢問老婆大人還有哪裡不滿意嗎？」傅靖衍有點想笑，因為他雖然期待答案，但這樣的回答他實在不意外。

「沒有，但是人有多幸福是必須很刻意的跟大家宣告嗎？我嫁沒嫁對老公對其他人來說有那麼重要嗎？如果有時間去羨慕別人或是討論別人的八卦，那為什麼不把時間留給自己或

去做一些更有意義的事？」裴苡湘一直不懂為什麼有人那麼喜歡在茶餘飯後討論別人家的事。

「這是每個人個性不同的問題，我們沒有辦法去勉強別人不談論，就像別人不能勉強妳去談論一樣。」事情就是這樣。

「也是。」反正這種問題到最後都是這種答案，裴苡湘也沒再反駁的打算。

「所以……妳覺得是幸福的對吧？」傅靖衍看著她。

很少跟她談論到這種話題，但一旦提到了，幾年過去他忽然也想要個答案。

「嗯，當然，那你呢？」裴苡湘一臉很理所當然的點頭然後反問。

「妳覺得幸福讓我覺得更幸福。」像繞口令般的答案，但卻是傅靖衍的真心話。

「傅先生，您這句話糖分超標。」說是這樣說，但裴苡湘笑了。

「那也只有傅太太嚐的到，我想她應該不會計較。」傅靖衍也笑了。

「是不計較，倒是讓我想到當初我還想著訂個期限跟你談個戀愛看看，誰知道最後會變成這樣？」總之就是那句老話，計畫趕不上變化。

「其實也沒變多少，不就是三個月變成一輩子嗎？只是期限變了，但我們的目的沒變，妳跟我就是訂下了品嚐愛情滋味的期限，然後日期被我改成一生而已。」傅靖衍臉上有點小得意。

「傅先生，您今晚太過詩情畫意，傅太太有點受不了，請容許傅太太先行離開，您可以獨自在這裡繼續賞月話情。」裴苡湘很故意做出自己起了雞皮疙瘩的模樣，起身就要走。

結果，人當然是被拉住，直接進了丈夫的懷中。

「如此美妙的月夜，傅太太您想離開恐怕傅先生是不會同意的。」

然後，也沒讓裴苡湘有開口的機會，傅靖衍頭一低就吻住了她。

月光柔和灑落的夜晚，一對如畫的璧人在親吻後相視而笑，當初說好三個月，現在可能三生三世也不夠，不過對他們而言，有一點倒是很足夠了，那就是……

她愛他，他愛她，這就夠了。

-完-

國家圖書館出版品預行編目資料

訂個嚐愛期限／君靈鈴　著.—初版.—
臺中市：天空數位圖書　2020.09
面：公分
ISBN：978-957-9119-91-7（平裝）

863.57   109014329

書　　　　名：訂個嚐愛期限
發　行　人：蔡秀美
出　版　者：天空數位圖書有限公司
作　　　者：君靈鈴
編　　　審：亦臻有限公司
製 作 公 司：常悅有限公司
出 品 公 司：傑拉德有限公司
版 面 編 輯：採編組
美 工 設 計：設計組
出 版 日 期：2020 年 09 月（初版）
銀 行 名 稱：合作金庫銀行南台中分行
銀 行 帳 戶：天空數位圖書有限公司
銀 行 帳 號：006-1070717811498
郵 政 帳 戶：天空數位圖書有限公司
劃 撥 帳 號：22670142
定　　　價：新台幣 290 元整
電子書發明專利第 Ｉ 306564 號

紙本書編輯印刷：
電子書編輯製作：
天空數位圖書公司 E-mail：familysky@familysky.com.tw　http://www.familysky.com.tw/
地址：40255台中市南區忠明南路787號30F國王大樓　Tel：04-22623893　Fax：04-22623863